## हिन्द पॉकेट बुक्स

# कांचघर

रामकुमार भ्रमर प्रसिद्ध हिन्दी साहित्यकार थे। मूलतः उपन्यासकार के नाते प्रसिद्ध रहे रामकुमार भ्रमर ने साहित्य की हरेक विधा में जमकर कलम चलाई। कहानियाँ, नाटक, व्यंग्य, रिपोर्ताज, यात्रा-विवरण, निबंध, सत्यकथाएँ, संस्मरण, डायरी, जीवनी-अंश, इंटरव्यूज, फिल्म पटकथाएँ, वार्ताएँ, भाषण, बाल-साहित्य, महत्त्वपूर्ण पत्र-व्यवहार, राजनीतिक-वैचारिक दिशादृष्टि आदि विषयों पर उनका विपुल साहित्य आज भी लोकप्रिय है। उनके कई उपन्यासों पर सफल फिल्मों का निर्माण हुआ। उन्होंने स्वयं भी कई फिल्मों की पटकथाएँ लिखी।

# कांचघर

त्याग और प्रेम, वासना और मातृत्व, राग और द्वेष की संकरी गलियों में राह खोजती एक नारी की कहानी

रामकुमार 'भ्रमर'

हिन्द पॉकेट बुक्स
पेंगुइन रैंडम हाउस इम्प्रिंट

**हिन्द पॉकेट बुक्स**

यूएसए | कैनेडा | यूके | आयरलैंड | ऑस्ट्रेलिया
न्यू ज़ीलैंड | भारत | साउथ अफ़्रीका | चीन | सिंगापुर

हिन्द पॉकेट बुक्स, पेंगुइन रैंडम हाउस ग्रुप ऑफ़ कम्पनीज़ का हिस्सा है,
जिसका पता global.penguinrandomhouse.com पर मिलेगा

पेंगुइन रैंडम हाउस इंडिया प्रा. लि.,
चौथी मंजिल, कैपिटल टावर -1, एम जी रोड,
गुड़गांव 122 002, हरियाणा, भारत

पेंगुइन
रैंडम हाउस
इंडिया

प्रथम हिन्दी संस्करण हिन्द पॉकेट बुक्स द्वारा 1972 में प्रकाशित
यह हिन्दी संस्करण हिन्द पॉकेट बुक्स में पेंगुइन रैंडम हाउस द्वारा 2022 में प्रकाशित



10 9 8 7 6 5 4 3 2



ISBN 9789353496777

मुद्रकः रेप्रो इंडिया लिमिटेड



www.penguin.co.in

# कांचघर

बारह बजने में बीस मिनट और हैं।

रत्ना ने डरते-डरते चेहरे से चादरा हटाया। पास की चारपाई पर मुकुन्दराव पड़ा हुआ था। कमरे में लालटेन की मद्धिम रोशनी। वह मुकुन्दराव की ओर देखती रही। गरदन पर बल देकर उसे कुछ उठंग कर लिया था। लगातार देखने से नसों में हल्का-हल्का दर्द हो आया। पर वह आश्वस्त होने लगी थी कि वह सो गया है।

रत्ना ने सन्देहपूर्वक मुकुन्दराव को दोबारा देखा, पहली बार के दृश्य से मिलान किया। वह शरीर को ठीक उसी तरह डाले हुए है न, जैसाकि रत्ना ने पहली बार में देखा था।

रत्ना ने विश्वास कर लिया कि वह सो रहा है। फिर यह सोचकर वह जरा आशंकित हुई कि पता नहीं, उसकी नींद पर्याप्त गहरी है या नहीं। गहरी नींद में वह खर्राटे भरता है और खर्राटे अभी शुरू नहीं हुए हैं।

बीस मिनट बच रहे हैं...उसके बाद खराटे शुरू हो जाने चाहिए। तब रात की खामोशी टूटने लगेगी और घड़ी की नाजुक महीन आवाज को दबाती हुई फ्फी-ई-ई 'फ्फी-ई-ई...कमरे में फैल जाएगी। गहरी नींद में मुकुन्दराव कैसा अहसास देता है! जैसे उसके धड़ से ऊपर, चेहरे की जगह अल्सीशियन कुत्ते का मुंह रखा हुआ हो।

सहसा रत्ना का मन हुआ—उठे, धीमे से किवाड़ खोले, और बाहर आंगन में रखी हुई कुल्हाड़ी लाकर इस कुत्ते वाले चेहरे को फाड़ डाले।

अगर बालाजीराव दस-पांच दिन की देर और कर देता तो शायद रत्ना से

यह हो जाता। इस कुत्ते वाले चेहरे को वह कुल्हाड़ी या किसी भारी पत्थर से कुचल ही डालती.. कुछ न बचता फिर। न वे जलती और घूरती हुई आंखें, न धुर्राहट के साथ भिचते हुए होंठ।

पर अब क्या है? बीस मिनट...और वह कुत्ते वाले चेहरे से दूर हो जाएगी।

कमरा बन्द है चारों ओर से। क्रमवार पहली, दूसरी, तीसरी और चौथी दीवार पर घूमकर उसकी नज़र दरवाज़े पर जा ठहरी। इसे खोलते वक्त बहुत सावधानी बरतनी पड़ेगी। कभी-कभी यह चरमराने लगता है। एक किनारे पर हाथ लगाकर किवाड़ ऊपर की ओर उकसाना होगा...रत्ना ने दिन में ही सब कुछ सोच-समझ लिया था। दरवाज़ा खोलने का दो-तीन बार रिहर्सल भी कर लिया था। फिर वह तैयारी में लग गई थी। बालाजीराव ने आज रात का ही वक्त दिया था। घर के सभी लोगों की निगाह बचाकर उसने अपने ज़रूरत के कपड़े बिस्तरे के नीचे दबा लिए थे।

उसने घड़ी देखी। बालाजी ने कहा था—'ठीक बारह बजे मैं विश्वनाथ बाबा के मन्दिर पर पहुंच जाऊंगा। तू ज़रा भी देर मत करना। क्या समझी?'

'समझ गई।' रत्ना बोली थी, 'ठीक बारह बजे।'

'हां।' और बालाजीराव 'पुड़िया' देकर चला गया था। देव के लिए फूलों की पुड़िया लेकर वह रोज़ सुबह तड़के ही आ जाया करता था। इतनी सुबह कि तब तक घर में कोई नहीं जागा होता था। न सखूबाई, न मारोतीराव और न मुकुन्द...अल्सीशियन कुत्ता!...

बालाजीराव मन्दिर पर पहुंचने ही वाला होगा। हो सकता है कि पहुंच ही चुका हो। उसे तो वह सब करना नहीं है जो रत्ना को करना है।...रत्ना को चलना चाहिए। उठने से पहले उसने चौकन्नेपन से चारों ओर देखा। कुछ नहीं है... पसरा हुआ कुत्ता...धुर्र...धुर्रर...बीच-बीच में टिकटिका उठती घड़ी...और डरी हुई उदास रोशनी। रत्ना धीमे-धीमे चारपाई से उठी, बिस्तरा उलटकर साड़ियां-ब्लाउज निकाले, झुककर चप्पलें उठा लीं और फिर दबे पांव...

'हूं-अूं...अूं...' गुर्राहट बन्द!.. चारपाई की चरमराहट।

मुकुन्दराव! ...अल्सीशियन कुत्ता।...रत्ना को लगा कि उसे गश आ जाएगा। फुर्ती से वापस मुड़ी। कपड़े फिर से बिछौनों के नीचे डाले और बदहवास

चारपाई पर लेट रही।

फिर रत्ना ने अविश्वास से मुकुन्दराव की ओर देखा। उसे यह बिलकुल अस्वाभाविक लग रहा है कि मुकुन्दराव ने गुर्राहटें बन्द कर दी हैं। शायद वह सोया नहीं है। सोने का बहाना कर रहा है।...बहुत चालाक है मुकुन्दराव!... अचानक रत्ना को लगा कि वह देख भी रहा है। जानता है कि रत्ना ने आज की रात क्या सोच रखा है...शायद उसे बालाजीराव और रत्ना की बातचीत भी मालूम हो चुकी है।...पर कैसे मालम हो सकती है बातचीत? रत्ना हमेशा आधा संवाद बोलती थी, बाका आधी बातें उसकी नज़र से समझ लेता था बालाजीराव...दोनों की नज़रें एक-दूसरे को देखने के बावजूद हर पल इतनी चौकन्नी रहती थीं कि पत्ता खड़कते ही उसे देख पातीं—कहां खड़का है?...

नहीं...वहम है रत्ना का। मुकुन्दराव को कुछ भी मालूम नहीं है। मालूम होता तो उसी पल गुर्राकर उसपर टूट पड़ता। बालाजीराव को जूते मार-मारकर घर से बाहर कर दिया होता और रत्ना की चिन्दियां बखेर डाली होतीं। वह यह सब देखकर इतनी देर तक धीरज थोड़े ही रख सकता था?

एक सिहरन हुई। मुकुन्दराव ने करवट बदल ली है। शायद वह जाग रहा है। अगर नहीं जाग रहा है तो इतना निश्चित है कि उसकी नींद बहुत गहरी नहीं है। ज़रा-सी आहट पर उठ पड़ेगा...रत्ना का सारा उबाल बैठ गया। उत्साह की आंच खत्म हो चुकी है। आंच के साथ-साथ फुर्ती का उबाल। निराशा से उसके शरीर में एक ढीलापन समा गया...बिल्कुल कुछ वैसा ही ढीलापन, जैसा नशा उतर जाने के बाद जिस्म में बैठ जाता है।

इसका मतलब है कि रत्ना ने वह वक्त खो दिया है, जब पिंजरे का द्वार अनायास ही खुल गया था...फिर वही कैद...दीवारें...सींखचे...पिंजरे की पहरेदारी करता कुत्ता मुकुन्दराव, मारोतीराव, सखूबाई. उसका घरवाला, जेठ-जेठानी।

घरवाला?...जेठ-जेठानी?...रत्ना को अपने इस खयाल पर हंसने की तबीयत भी हुई, रोने की भी। क्या रत्ना सचमुच ही किसीकी घरवाली हो सकती है! या उसके कोई जेठ-जेठानी हो सकते हैं? कितना बेवकूफी का खयाल!... ...तमाशे वाली औरत का भी कोई कुछ होता है? झूठ?...वह अकेली होती है—सिर्फ वह! यानी सिर्फ रत्ना। और कोई नहीं। न मां-बाप, न भाई-बहिन, न

पति, न कोई नाता-रिश्ता!

फिर कौन है मुकुन्दराव? कौन हैं मारोती और सखूबाई?...कौन हैं ये?

सिर्फ वहम! ....रत्ना के पागलपन! पिंजरे के पहरेदार!

और यह घर?

घर? तमाशे वाली औरत का कोई घर होता है भला?... यह भी वहम है। सिर्फ पिंजरा!

और रत्ना? तमाशे की औरत। बेबस मैना। जिसे मालूम नहीं था कि वह क्या है। जिसे यह भी नहीं मालम था कि घर नाम का एक पिंजरा होता है। हर पिंजरे के कुछ पहरेदार होते हैं...आज़ाद पंछी पिंजरों में बन्द किए जाते हैं और उन्हें कुछ लोग मनोरंजन के लिए अपने कमरे में टांग लेते हैं या आंगन में अरगनी पर लटका देते हैं और खाली वक्त में उनसे खेलते हैं।

रत्ना का मन रोने को हो आया। पर रोया भी नहीं जा सकता। वह जागेगा और पूछेगा कि क्यों रोती है...

रत्ना रो भी नहीं सकती! उसने एक आह भरी और फिर से करवट लिए पड़े मुकुन्दराव को देखा। जाग रहा है...नहीं जाग रहा है!...

क्या सोचेगा बालाजीराव?... समझेगा कि रत्ना ने उससे छल किया। उसे क्या मालम कि रत्ना कितनी बेबस हो गई है। वह घड़ी की ओर देखने लगी-बारह बज चुके हैं। दस मिनट ऊपर।

अब?...ज़रा हिम्मत करे और चल पड़े। अभी बालाजीराव इन्तज़ार ही कर रहा होगा। हां, चल ही पड़े रत्ना...

नहीं चल सकेगी! कैसे चल सकती है?

फिर भी विश्वास नहीं करेगा बालाजीराव? बिलकुल मुकुन्दराव बन जाएगा। कहेगा—'तमाशे वाली औरत का क्या विश्वास! वह स्साली पंचायत का दफ्तर होती है। मोची से लेकर पंडित तक उसमें जा सकता है! ... वह सबकी और किसी की नहीं!'

...बालाजीराव भी ऐसे ही कहने लगेगा। हथेलियां मसलता हुआ अंधेरे में घूम रहा होगा। ज़रा-सी आहट होते ही चौंक जाता होगा-यह सोचता हुआ कि शायद रत्ना आ रही है।...

और रत्ना यहां है। कुत्ते की पहरेदारी में।

सवा बारह हो चुके।...थोड़ी देर बाद साढ़े बारह हो जाएंगे, फिर एक, दो, तीन...और आखिर में सवेरा। अलसू सुबह, वह वक्त जब बालजीराव पुड़िया लेकर आया करता है। पर आज नहीं आएगा वह।

रत्ना ने फिर से सांस ली और मुकुन्दराव की ओर देखा। वह उसी तरह करवट लिए पड़ा था और उसकी नींद के प्रमाण खर्राटे गायब थे।

रत्ना ने सोना चाहा, पर क्या सो सकेगी वह? रत्ना ने चाहा उठकर पानी पिए...पर यह भी काफी कठिन लगा उसे।

रत्ना के गले में कुछ चुभने लगा है। शायद प्यास काट रही है उसे। मांस में तड़कन होती है। पीना ही पड़ेगा पानी।

वह साहस कर उठ पड़ी। इतना भय भी कैसा कि प्यासी ही मर जाए! मद्धिम रोशनी में दवे पैरों वह मटके तक आई। गिलास भरा और गटागट गले में पानी उंडेल लिया। यह इतना यान्त्रिकीय हुआ कि वह सोच भी नहीं सकी कि उसने पानी पी भी लिया है। फिर से चारपाई पर आ गिरी।

कभी रत्ना को अपनी स्थिति पर अविश्वास होने लगता—क्या सच ही वह रत्ना है?...तमाशे की हंसिनी?...उन्मुक्त हृदय! ....उन्मुक्त शरीर!.... 'उन्मुक्त नज़रें!...शायद झूठ है यह सब।

छल था यह कि वह कावेरीबाई की बेटी है। यह भी छल था, कि वह हजारों लोगों की भीड़ में गीत के बोलों की तरह आजाद घूमती थी। यह भी छल था, कि वह तमाशे की सबसे आकर्षक युवती थी...सब छल!...सब दिखावा!... सब झूठ!...पर कितना मोहक, प्यारा और लुभावना भूठ। रत्ना सोचती है। गले तक यादों से भर उठती है...

तमाशा! ...संच...कावेरीबाई...माला...और हजारों की भीड़! खुला पंडाल और पंडाल में बिखरी आहे..और आहों को रौंदती निर्मोही हंसिनियां ..

गांव। उनका खुला आसमान। हवाएं।...और गांवों के खुले आसमान की हवाओं में घुले हुए तमाशा-पार्टियों के कई नाम। गुलाबबाई की पार्टी, रुक्मिनीबाई की पार्टी, मेनकाबाई की पार्टी...पर इन सबसे अलग एक नाम था—कावेरीबाई की पार्टी।

कावेरीबाई की पार्टी का मतलब होता था, एक ज़बरदस्त भीड़...दूर-दूर, दसियों कोस के आदमियों की पंडाल में जुट आई भीड़! सातारा ताल्लुके से लेकर वर्धा तक मशहूर थी कावेरीबाई की पार्टी। पार्टी माने संच। संच में दो हीरे—रत्ना और माला। इन दोनों का मतलब होता था सातारा से वर्धा तक फैला हुआ आहों का कोहरा...ठण्डी सीत्कारें...मार दिया हंसिनियों ने!— हसिनियां शेरों का कत्ल करती थीं। बगैर चाकू-छरे...सांझ ढलती, पंडाल के बाहर शादी का सा शोर फैल जाया करता—दे भई रुपये वाला!...रुपये का नहीं है?... अच्छा-अच्छा, दो का दे!...दो का भी नहीं है! खलास! ....यार, पांच का दे! दस कोस चलके आए हैं तो यों ही थोड़े लौट जाएंगे! ...'

रात के आठ बजते-बजते पंडाल भीड़ से भर जाता। ढेरों फरमायशें होने लगतीं। स्टेज चौड़े-चौड़े तख्तों को जोड़कर बना होता। गुलाबी चादरें परदों की जगह लटकी होतीं। ऊपर से खुला मंच... ठण्ड का मौसम हो तो भी खूला। देखने वाले लिहाफ तक साथ ले आया करते। कान भारी-भारी फेंटों में बन्द। आंखें स्टेज पर गड़ी हुई—कील की तरह। पांच-दस मिनट में ही दोनों हंसिनियां स्टेज पर उतर आएंगी...छम्।...छन्....न्...न्...

ऊई रे...हुईश्श्...! हुईश्श्...

जागदूरनियां!...कावेरीबाई के संच की जादूगरनियां!... पतली चुभती हुई तलवार जैसी भौंहें...ठेठ ठर्रे का नशा देने वाली आंखें...हर कदम के साथ थिरकते उभार—जैसे, सारे पंडाल को बुलावा—'देखते क्या हो?...आओ! .... आओ! ...'

सातारा से वर्धा तक हर तालुका जानता था कि कावेरीबाई अब थकने लगी है। लेकिन तब भी उसके संव की भीड़ में कमी नहीं हुई। दरोगा, तहसीलदार, पटेल और बड़े-बड़े अफसर पांच रुपये की लाइन में ऐसे खामोश बैठे रहते, जैसे पालतू खरगोश! ... दुनिया कैसी रंगीली है। ये गुलाबी परदे, ये धुंघरू...चुनौतियों पर चुनौतियां!

एक बार संच मुलताई गांव गया। तब की बात है जब रत्ना और माला, दोनों जादूगरनियां छोटी थीं। नये आम-सी। खट्टी, चिरपिरी और ताज़ा। कावेरीबाई दोनों को नज़रों के तारों में बांधे रखती थी। ऊपर से अंकुश का ताला। देखने वाले देख लें—छूना मना है! रत्ना और माला के लिए तब कावेरीबाई, संच,

पंडाल, भीड़, आहे, कोहरा...सब कुछ सिर्फ कौतुक थे। कामेडियन चिमनराव, कावेरीबाई का घरवाला—कहते थे कि वह घरवाला है—अण्णाजी, कावेरी की अन्धी बूढ़ी बहिन श्यामाबाई, सबके कार्यकलाप स्वाभाविक होते हुए भी अस्वाभाविक-से लगते। मुलताई में पहली बार रत्ना को लगा था कि ऐसा बहुत कुछ है उसके संच में, जिसे देखकर भी वह देख नहीं सकती। अब तक उसने देखा था कि कावेरीबाई नाचती है। कामेडियन चिमनराव मसखरी करता है। स्टेज के पीछे की ओर बैठे-बैठे जब रत्ना को नींद आने लगती है तो अण्णाजी—उसका बाप—उसे तम्बू में ले जाता है और थपकी देकर सुलाता है। श्यामाबाई सुपारियां काटती जागती रहती है। सुबह कावेरी जब जागती है तब उसका चेहरा पिटा-सा रहता है। आंखें सुर्ख। अब तक यही देखती रही थी रत्ना।

पर मुलताई में उस दिन जो देखा, उसे देखकर लगा था कि पहले जो कुछ देखती रही थी, झूठ था। सच वह था, जो उसने उस बार देखा। आधी रात को। पर सोच में पड़ रही थी। समझ कुछ भी न सकी। ज़रूरी तो नहीं होता कि जो देखा जाए, वह समझ ही लिया जाए? अरसे तक मुलताई का वह सब देखा सिर्फ देखा हुआ ही रहा—समझ से बाहर...

खेल शुरू हुआ-रात दस बजे। पंडाल मैदान में लगा था। चारों तरफ बांस के लम्बे-लम्बे खम्भों के सहारे शामियाना तना हुआ था। बीच में टाट-पट्टी। स्टेज ईंटों पर रखे तख्तों का। सामने की टाट-पटियां बिलकुल स्टेज से छूती हुईं। स्टेज तीन तरफ से चौड़ी-चौड़ी चादरों का घुंघट ओढ़े हुए। एक गैस की लालटेन बाईं तरफ, एक दाईं तरफ। टाट-पट्टियों में दो टिकट—स्टेज के करीब होता हुआ, पांच रुपये का। उसके बाद वाला दो रुपये का, फिर एक का। एक के दर्शक धरती पर। जैसा दाम, वैसा काम। एक रुपये वाले उस आंख का मज़ा नहीं ले सकते जिसे कावेरी एक कौंध की तरह दबाती है। वे सिर्फ देख सकते हैं कि एक औरत है, जो दूधिया रोशनी में नाच रही है—कावेरी! शराब की नशीली बोतल! ...

कावेरी स्टेज पर आई थी। दर्शकों ने तालियां बजाकर उसका स्वागत किया। अण्णाजी दौड़ा-दौड़ा गया और स्टेज के पिछले किनारे पर एक और गैस की लालटेन सरका दी—तीसरी लाल टेन। एक ओर किनारे में समाई

हुई थीं—रत्ना और माला। उससे कुछ आगे हरमोनियम वाला...तबला वाला, सारंगी वाला...

कावेरीबाई के पैरों में घंघरू!...छम् छन्...न्...न्...कावेरी स्टेज पर। पहले कदम के साथ ही वही तालियां...शोर...

कावेरी ने मादक नजरों से दर्शकों की ओर देखा। झुकी, एक अदा से आदाब का हाथ उठाया—गोरा, सुडौल हाथ!

लोग फिर चिल्लाए!

कावेरी ने मुसकराकर अपनी हथेली हवा में चूमी और फिर यह चूम दर्शकों के चेहरों पर छिड़क दी। भीग गए लोग!...कुछ आहे, रिमार्क, कंपकंपी, सीत्कार! ....घायल शेरों की भीड!

कावेरी ने तख्ते पर एडी ठोकी। तबले पर पहली थाप पड़ी। सारंगी का तार खिंचा...हारमोनियम पर अंगुलियां तैरी! ... और फिर एक सुरीली तान—पंडाल और पंडाल से बाहर तक बहती हुई।

गरदनें हिलने लगीं। कावेरीबाई के कूल्हे उछल-उछलकर पांच रुपये वालों के दिल पर चोटें मारने लगे। आहे, कराहें,...

अण्णाजी मुसकराया। रत्ना झपकने लगी थी। रोज़ झपक जाती थी। अण्णाजी ने उसे झकझोरा, 'अभी से सोती है, वेड़ी (पगली)।...तमाशा देख।'

रत्ना ने उनींदी पलकें खोल लीं। देखने लगी। कावेरीबाई गीत पूरा कर रही थी। पंडाल में सिर्फ आहे-कराहें थीं कि तभी कामेडियन चिमनराव प्रकट हुआ। शराब के नशे में लड़खड़ाता हुआ। कावेरी के सामने पहुंचा। उसने जबड़े भींचे। बोला, 'जीओ मेरी जान!'

'हिश्श! ...' कावेरी ने शराफत से कहा। छिटककर दूर हो गई।

अण्णाजी उठा। उठने से पहले उसने रत्ना को झकझोर डाला। वह रह-रहकर निंदिया रही थी। माला से कहा, 'इसे देखना। सो न जाए।...मेरा 'पारट' आता है!'

'ठीक है।' माला की आंखें नहीं झपक रही थीं। वह स्टेज की ओर बराबर देखे जा रही थी। कावेरी ने सख्त हिदायत दे रखी है-'अब तू छोटी नहीं है। धन्धा समझना है। बरोब्बर तमाशा देखा कर। समझी क्या!'

'अच्छा।'

और तब से बरोब्बर तमाशा देखती थी वह। हर बोल, हर थाप, हर मुद्रा गले उतार लेती। आज भी उतार रही है। जानती है कि अब उसके बाप अण्णाजी का 'पारट' आ गया है—स्टेज पर जाने के लिए तैयार खड़ा है...

अण्णाजी ने एक बोतल—खाली बोतल उठाकर कोट की जेब में डाल ली। शराबी का पार्ट करना है उसे। कोल्हापुरी चप्पल। सफेद धोती-कमीज़, सूती कोट, मेकअप चेहरे पर मूंछ नहीं है, पर बना दी गई है।

स्टेज पर चिमनराव मसखरा मसखरी कर रहा था। वह लोटपोट होने लगा, 'तेरी खातिर मैं अमरीका से आया हूं, मेरी जान! ... ऐसे काहे को तरसाती है मझे। आज्जा!...आज्जा!...'

कावेरी ने उसकी ओर जीभ निकाली, 'ऊंह! ....' फिर अंगूठा खड़ा किया।

'ठेगा बता रही है।.' दर्शक चिल्लाए, 'क्यों नहीं बताएगी, भाई! कवेरीबाई है। उसे कावेरीबाई कहते हैं। हुस्न की रानी!...'

चिमनराव गाने लगा—बीच-बीच में हिचकियां।

'साला पिए हुए है!' कोई दर्शक चिल्लाया।

'और कावेरीबाई इठलाती हुई बाल संवार रही थी। दर्शकों की तरफ देखती हुई। चिमन की ओर से बेपरवाह।

चिमन धरती पर लोट गया...हिच्!...'हिच्!...कई हिचकियां

अण्णाजी ऐण्ट्री लेता है। लड़खड़ाता हुआ। अजीब हरकतें करता हुआ।

माला ने रत्ना को फिर से कुरेदा, 'देख! ... उधर देख। बाबा 'ऐक्टींग' करता है, देख न!'

रत्ना देखने लगी। अब पलकें नहीं झपकेंगी। जब अण्णाजी और चिमन स्टेज पर होते हैं, तब रत्ना को नींद नहीं आती। उनका काम ही ऐसा होता है कि नींद न आए। कावेरी का नाच रत्ना के लिए रसहीन है। उसकी सारी अदाएं, मुसकराहटें, गला, थिरकनें...सब बेकार! रत्ना को कुछ भी नहीं भाता। उसे लगता है कि ये जो बड़ी भीड़ 'हाय-हाय, होय-होय' करती है, पागल है। मज़ा है तो बस अण्णा और चिमन के पार्ट में।

अण्णा झूमता हुआ चिमन को सहारा दे रहा था। चिमन को उठाते-उठाते खुद गिर पड़ता। जनता 'हो-हो' कर चिल्ला उठती। ठहाके ही ठहाके।

'यह कावेरीबाई का घरवाला है।' जनता में से कोई बोला।

अण्णा जनता की ओर तनकर खड़ा हो गया। हिलता हुआ। लड़खड़ाती हुई आवाज़ में जबाब दिया, 'हां, है। कावेरी का घरवाला नहीं है तो क्या तुम्हारा है?'

ठहाके ही ठहाके!

रत्ना और माला मुग्ध भाव से देखती हैं। अब काम गूढ़ होने लगा है। माला तो फिर भी थोड़ा-थोड़ा समझ लेती है, पर रत्ना नहीं समझ पाती। इस सीन को दसियों कार्यक्रम में देख चुकी है। लोग ठहाके मारते हैं, पर वह समझ ही नहीं पाती।

रत्ना को लगा था कि फिर बेवकूफी होने लगी है। सीन खत्म हो गया था।

कावेरी दूसरा काम दिखाने लगी थी। काम यानी गीत। नशीली लचकों और इशारों की कोई लावणी स्टेज पर धुंघरुओं और स्वरों के साथ थिरक रही थी। दर्शक आहों के साथ-साथ अब टोपियां भी उछालने लगे थे।

रत्ना ने झपकी ली। झपकी के साथ एक झोंक। गरदन पास बैठी माला के कन्धे पर टिकी। माला ने उसे फिर से झकझोरा और अण्णाजी से कहा, 'इसको नींद आ रही है।'

'नींद आती है तो मेरे साथ चल।' अण्णाजी ने रत्ना को इशारा किया। वह झूमती हुई उसके पीछे हो ली। चिमनराव, अण्णाजी और रत्ना। तीनों तम्बू में चले आए। चार-पांच तम्बू लगे हुए थे। एक में रत्ना, माला और अण्णाजी सोते हैं। दूसरे में चिमन, तबले वाला, सारंगी वाला, हरमोनियम वाला, श्याम मौसी और एक-दो कामगार छोकरे। तीसरे में सिर्फ कावेरीबाई। संच की हीरोइन। उसका तम्बू सबसे ज्यादा सजा हुआ है। सजने का ठहरा। उसीके दम का जमूड़ा है सारा। सारा संच उसके दम से। अकेली कावेरी दसियों का पेट पाल रही है। वह न हो तो कुछ भी न हो।

रत्ना को तम्बू में लाकर अण्णाजी ने कहा, 'सो जा।'

रत्ना लेट गई, पर पलकें नहीं झपकी। तम्बू में लालटेन की पीली और कमजोर रोशनी बिखरी हई थी। बाहर, स्टेज और पंडाल की ओर से वाद्यों के स्वर आ रहे थे। दर्शकों के ठहाके और कावेरी की स्वरलहरी बिखरी हुई थी...

निकल पड़े। उसने दोनों को ही एक बार में कुरते से पोंछ लिया।

अण्णाजी की आंखें सुर्ख होने लगी हैं।

चिमन के फेफड़े थोड़ी देर धौंकनी की तरह चलते रहे। थमे तो बोला, 'सुनते हैं, गुलाबबाई की छोकरी का बड़ा जलवा है।'

'तुझे कैसे मालम हुआ?'

'सुना है। पूरे मुलताई ने मुझे बताया है। सब तरफ उसका हल्ला है। बेलापूरकर ने भी बताया है।'

'बेलापूरकर ने?' अण्णाजी के नशे को एक झटका लगा। चैतन्यता का झटका। बोला, 'ऐसा कैसे हो सकता है? बेलापूरकर अपने अलावा किसी दूसरी पार्टी का तमाशा देखता ही नहीं है।'

चिमनराव हंसा—खूब ज़ोर से। इतने ज़ोर से कि रत्ना ने पलकें खोल दी और हैरानी से उसकी ओर देखने लगी। कैसे हंसता है?...पागल हो गया है क्या?

'क्या, हंसता क्यों है?' अण्णाजी ने कठोर स्वर में पूछा। 'हंसता हूं, तुम्हारे पगलपन पर! ...

'क्यों?'

'क्यों क्या? बेलापूरकर हमारा गुलाम है या हम उसके गुमाम हैं?'

अण्णाजी चुप रहा—समझने की कोशिश करता हुआ। बीचबीच में तरंगें उठती हैं और पहली वाली सीधी तरंगों को आड़ेपन से काट जाती हैं। बीड़ी खत्म होने लगी थी और उसके खत्म होने के साथ-साथ अण्णाजी का चेतन-तत्त्व भी खत्म हो रहा था।

चिमन ने कहा, 'अण्णा, बेलापूरकर रईस आदमी है। उसकी अण्टी में पैसा है। बाजार में घूमता है। जो दुकान अच्छी लगेगी, उधर जाएगा। कोई उसका पैर नहीं बांध सकता है।'

अण्णाजी चुप है। तरंगें उठ-गिर रही हैं। तरंगों के साथ ही अण्णाजी भी उठ गिर रहा है।

रत्ना की नींद बिलकूल गायब हो चुकी थी। आंख मलकर उठ बैठी। अण्णाजी ने उसकी ओर ध्यान नहीं दिया। सोच रहा था, गुलाबबाई की पार्टी जोर पकड़ रही है। उसके पास एक नई छोकरी है और कावेरी की पार्टी में सिर्फ

कावेरी...कैसे क्या होगा? एक बार साख गई तो गई! आज ही कावेरी से बात करनी पड़ेगी।

'सो जा, रत्ना! ...' चिमन बोला।

रत्ना अनमने भाव से लेट गई, पर नींद गायब है।

थोड़ी देर अण्णाजी और चिमन चुपचाप बैठे रहे। फिर चिमन उठ खड़ा हुआ, उसके पीछे अण्णा भी। रत्ना का जी हुआ था, उन्हें रोके, पर क्या रुक सकते थे वे? होता यह कि अण्णाजी भड़क उठता। ज़ोर से डांट देता और सहमकर रत्ना लेटी रह जाती। अक्सर ऐसा होता था। रत्ना जिस दिन देर तक जागती थी, उस दिन उसे डांटकर सुलाया जाता था...थोड़े दिनों बाद उसने समझ लिया था कि उसे अकेले ही सोने की आदत डालनी होगी।

डाल रही है आदत, पर अभी ठीक तरह पड़ नहीं सकी है। हर पल आहट का अहसास और इस अहसास के सिलसिले में भय का अहसास। माला खाली वक्त में उसे भूत-प्रेतों की कहानियां सुनाया करती है और हर एकांत में ये कहानियां हर दिशा से आकार लेती उठने लगती हैं।

आज भी उठेंगी। एक सिहरन...

रत्ना उठ बैठी। तम्बू के बाहर के अंधेरे में कोई है...आकार बनता है। शायद वह, जिसके बारे में माला ने सुनाया था कि एक दैत्य था। सिर पर सींग, दांत बड़े-बड़े—हाथी के बराबर...वह राजकुमारी को लेकर भाग गया था और पानी के नीचे अपने घर में जा छिपा था!...

वही दैत्य!...और रत्ना अकेली। बिलकुल राजकुमारी-सी। वह ऐसे ही एक दिन अकेली पड़ी हुई थी।...रत्ना भी पड़ी है। वह घबराकर बाहर निकल आई। सांस जोरों से चलने लगी है। तम्बू के बाहर अंधेरा है, पर इस अंधेरे में इक्का-दुक्का लोग दीखते हैं। रत्ना का भय घटा। कावेरीबाई के गीत का स्वर अब भी आ रहा है।...न जाने कब तक गाएगी कम्बख्त!...रत्ना ने सोचा—माला को बुला ले। साथ रहेगी, फिर डर नहीं लगेगा। स्टेज तक पहुंची। पिछवाड़े से समाई। देखा कि जहां माला को छोड़ा था, वहां वह नहीं है। कहां गई?...जगह बदल दी उसने। अब?

इधर-उधर ढूंढ़ती नज़रें फिराती रही। जब माला नहीं दिखी तो मन मारकर

लौट पड़ी। नींद है, पर पलकों से नीचे उतारने को तैयार नहीं है। क्या करे रत्ना?

कावेरी के तम्बू में सो जाए। वहां मौसी होगी श्यामाबाई। रत्ना वहीं चली आई। श्यामाबाई जाग रही थी। आहट पर चौंकी। पूछा, 'कौन है?'

'रत्ना।'

'तू सोई नहीं अब तक?' उसने पूछा।

'डर लगता है।' रत्ना ने जवाब दिया और उसके करीब जा बैठी—बिलकुल उसीसे सटकर। अब पूरी तरह निश्चित हो चुकी

श्यामाबाई कुछ नहीं बोली।

रत्ना ने कहा, 'मैं यहीं सो जाऊं?'

'हूं!' श्यामाबाई चौंकी। इस तरह जैसे रत्ना ने कोई अस्वाभाविक बात की है—अजीब। बोली, 'तू अपनी जगह क्यों नहीं सोती?'

'उधर सूना है।'

श्यामाबाई चुप हो गई।

'सो जाऊं?" रत्ना ने फिर पूछा। मन में सन्देह है—कहीं डांट न दे वह।

'नहीं।' श्यामाबाई ने कहा, 'अभी खेल खत्म होने वाला है। माला आ जाएगी, फिर तू उसके साथ तम्बू में चली जाना। उधर ही सोना है। इधर जगह ही कहां है?'

रत्ना उदास हो गई। नींद पलकों से नीचे उतरने लगी थी। श्यामाबाई की उपस्थिति ने भय भगा दिया। रत्ना ने सोचा, सो ही जाए। श्यामाबाई अन्धी है। क्या दिखेगा उसे? कुछ सरककर कावेरीबाई के पलंग के नीचे समा गई—धरती पर।

आहट से श्यामा चौंकी, 'क्या कर रही है?'

'अपनी जगह जा रही हूं।' रत्ना ने झूठ बोल दिया।

श्यामा चुप हो गई।

रत्ना ने पलकें मूंद लीं। निश्चिन्त है। जब तक क वेरीबाई नहीं आ जाएगी, तब तक श्यामा यहां से जा नहीं सकती। कावेरी के तम्बू की रखवाली में बैठी रहती है। उसके आने के बाद जाएगी, फिर कावेरी होगी...कैसा डर! नींद आ गई थी उसे।

बिलकुल आंखों की कोरों पर बैठी थी। गड़ाप् से रत्ना की सुधबुध को निगल गई।

तम्बू में खड़खड़ाहटें हुई, फिर आवाजें। रत्ना जाग गई। उनींदी। उठने का जी नहीं हुआ, हालांकि धरती नीचे से गड़ रही थी।...देर बाद यह खयाल आया कि वह कावेरी के तम्बू में आ सोई है। जी हुआ था कि उठे और अपने तम्बू में चली जाए, पर आलस इस तरह बदन में लिपटा हुआ था, जैसे कागज़ पर चिपक गई हो। पड़ी ही रही।

श्यामाबाई चली गई। कावेरी ने एक गहरी सांस ली। लेट गई। चार-पांच घंटे स्टेज पर बीतते हैं। कभी खड़े हुए, कभी नाचते हुए। हर जोड़ में दर्द हो आता है। फिर वह उम्र भी नहीं है। एक वक्त था कि ऐसे दर्द उससे दूर खड़े रहते थे—डरे हुए। और अब उनसे कावेरी डरने लगी है। हर पल लगता है कि पांव मोच न जाए। झोक लेते वक्त नस न चढ़ जाए या तरेट की झुर्री किसी दर्शक की आंख में न चुभ जाए...

वह उठी। मेकअप पहले ही धो चुकी थी। चेहरे पर वैसलीन मली। लगातार रंग पोते रहने के कारण चमड़ी खिचने लगती है। सारे चेहरे की नसों में एक तनाव पैदा हो जाता है। अभी-अभी अण्णाजी आया था। कह रहा था, 'बेलापूरकर आया है।'

'हां, मुझे मालम है।' कावेरी बोली थी। बड़ा संक्षिप्त-सा उत्तर। जी नहीं होता है कि अण्णाजी से इतनी संक्षिप्त बात की जाए, स्वर में रूखापन रहे, पर थकान इतनी बढ़ चुकी होती है कि सीधे मुंह बात नहीं बनती। बात करने लायक हालत तब होती है जब दो-चार घूंट ले ले...

उसने ऐसा ही किया। अक्सर करती है। उन दिनों में खास तौर से, जिन दिनों तमाशा चलता है। बिरज को हुक्म दे रखा है कि प्रोग्राम खत्म होते ही कुछ नमकीन ले आया करे—चिवड़ा, दालसेव, चिप्स...कुछ भी।

बोतल हाथ में ले ली थी। अण्णाजी ने फरमावरदार नौकर की तरह उसे और फिर बोतल को देखा। थूक का एक घूंट निगला और खड़ा रहा। कावेरी समझ गई। यह भी जानती है कि उसे क्या कहना या करना है। उसने दो गिलास रख लिए बक्स पर। यह बक्स टेबल की तरह चारपाई के किनारे रखा हुआ था। अण्णाजी के चेहरे पर एक कौंध पैदा हो आई है—ज़िन्दगी की कौंध!

... पर जाने क्या हुआ, वह बाहर चला गया।

कावेरी ने उसे रोकना चाहा था, पर नहीं रोका। असल में थकान के कारण शब्द खर्च करना भी अखरता है।

थोड़ी देर बाद लौटेगा—देख गया है कि गिलास दो हैं, लौटेगा ज़रूर! कावेरी ने बोतल बक्स पर रख दी थी। अंग्रेजी है। ऊंची। काफी दाम खर्च होते हैं। पूरे संच में उसके सिवा और कोई नहीं पीता है। पीते सब हैं, पर यह जो कावेरी पीती है, उसे पीने की उनकी औकात नहीं है। कैसे हो सकती है?

कावेरी फिर लेट गई। पलकें बन्द कर लीं। अण्णाजी बिरज को देखने गया होगा, और बिरज नमकीन की तलाश में...

चारपाई के नीचे पड़ी रत्ना को फिर से नींद की झपकी ने कस लिया है!...

अण्णाजी लौटा। बेलापूरकर साथ में है। देखा कि कावेरी आंखें मूंदे चित पड़ी है। लांगवाली धोती में कसी जाघें चारपाई पर छितराई हुई, सीना उभरा हुआ, चेहरे पर खुमारी...बेलापूरकर का जी हुआ कि उछलकर उसके ऊपर जा गिरे। लिपट जाए उससे। उसने थूक निगला। कहा, 'कैसी हो, कावेरीबाई!' फिर चारपाई के करीब आ खड़ा हुआ।

कावेरी ने पलकें खोल लीं। उसी तरह पड़ी रही। मुसकराई, 'ठीक हूं, शंकरराव!...तुम कैसे हो?'

'मैं भी ठीक हूं।' शंकरराव बेलापूरकर बोला। अधेड़ उम्र पार कर रहा है, पर मांस इस तरह गठा हुआ है जैसे मिलिटरी का सिपाही हो। होंठों पर दोनों ओर बिच्छू के डंकों की तरह इंठी हुई ऊंची मूंछे। कावेरी को ये मछे अच्छी नहीं लगतीं। गाल के करीब न हों तो भी लगता है कि चुभ रही हैं। वह बक्स पर पड़ी बोतल उठाकर देखने लगा है, 'कौन-सी है?.. 'थ्री एक्स...'

'हां, ले लो!'

'नहीं।' शंकरराव ने कहा, 'बिरज को भेजा है। दरोगा के यहां से अच्छी वाली लाएगा। इससे ऊंची। आज मेरी तरफ से वह लेना। याद करोगी!'

'याद तो तुम्हें हमेशा ही करते हैं, शंकरराव!' अण्णाजी ने एक हुजरे की तरह विनम्रता से कहा।

कावेरी चुप रही। इस तरह जैसे शंकरराव मौजूद है और कुछ बोल रहा है,

यह उसे मालूम ही नहीं है।

शंकरराव ने बोतल अण्णाजी के हाथ में थमा दी, कहा, 'आज इसे तुम खाली करो अण्णा!...'

अण्णाजी ने भोंडे ढंग से मुसकराकर बोतल ले ली। बाहर जाते हुए कहा, 'मैं बिरज को देखता हूं।'

अण्णाजी के जाते ही शंकरराव ने बक्स पर रखे गिलास सरका कर किनारे किए और बैठ गया। कावेरी ने पलकें फिर से खोल ली थीं, और उसकी ओर मुसकराने की कोशिश कर रही थी...कितनी तकलीफदेह कोशिश...अब तो बिलकुल ही टूट गई है। उसने सोचा।

शंकरराव ने उसकी जांघों पर नज़रें फिरानी शुरू की। इसो तरह जैसे हौले-हौले उन्हें सहला रहा है। जी हुआ कि तुरन्त कावेरी को बांहों में भर ले...अब भी कम आकर्षण नहीं है उसमें। बिलकुल वैसी ही लग रही है, जैसी पहली-पहली बार देखी थी। पन्द्रह-सोलह साल हो गए हैं...शंकरराव ने जबड़े कस लिए। ऊपर दाईं ओर की दाढ़ कसकी। उसमें कीड़ा है और दबाने से कई बार कसकने लगता है। एक वक्त था कि दाढ़ के बीच पत्थर का टुकड़ा भी रख लेता था तो कतरे हो जाते थे उसके, पर...उसने जबड़े ढीले छोड़ दिए। अचानक वह एक बीमार आदमी की तरह निरीह हो गया।

कावेरी मुसकराई। मुसकराना ज़रूरी था। शंकरराव सिर्फ उसका पुराना गाहक ही नहीं है, पटेल भी है—राजनीतिक नेता भी। दरोगा, तहसीलदार, पटवारी...सब उससे दबते हैं। वह हमेशा चुना जाता है। उसके इशारे पर पूरे ताल्लुके में संच के लिए जगह मिलती है और उसके इशारे में छीनी जा सकती है।

कावेरी ने कहा, 'ठीक से बैठो न। इधर...' वह चारपाई पर एक किनारे हो गई। हथेली सीने के पासवाली जगह पर थपथपाई, 'यहां।...आ जाओ!'

'हां-हां, वह तो ठीक है!...' शंकरराव ने बेचैनी से तम्बू के मुंह की ओर देखा।

कावेरी चुप हो गई। इतना ही कहना चाहिए। ज्यादा मनाने से ज्यादा सिर चढ़ते हैं ऐसे लोग। वह खूब जानती है कि कब कितने तोले का शब्द फेंकना चाहिए।

परदा कोने से उठा। बिरज प्रकट हुआ। हाथ में बोतल। नमकीन का एक पुड़ा। दोनों चीज़ें रखकर वह चला गया। कावेरी ने उठकर सोडा निकाला और

शंकरराव के हाथ में थमा दिया। शंकरराव ने ढक्कन खोला। दोनों गिलासों में शराब ढाली, फिर सोडा उंडेला। जब दूसरे गिलास में उंडेलने लगा तो कावेरी ने कहा, 'न, ना, मुझे नहीं चाहिए!'

शंकरराव ने हैरानी से उसे देखा। कुछ अविश्वास भी था। पूछा, 'खाली? ...नोट?...'

'हां।' काबेरी ने गिलास टकरा दिया और एक ही बार में पूरा पैग उंडेल लिया।

'कमाल! ...' शंकरराव ने आश्चर्य से कहा।

'पियो। पियो! ....'

'पर तुम तो कमाल ही करने लगी हो, कावेरी!' उसने अपना गिलास वैसे ही पकड़ रखा था।

कावेरी हंसी, 'कमाल मेरा नहीं तुम्हारा है शंकरराव, कि तुम अब भी जवान हो। ऐसे घूरते हो, जैसे खा जाओगे!'

शंकरराव ने गिलास होंठों से लगाया। दो घूंट लिए और उठकर कावेरी के सीने के पास आ बैठा—चारपाई पर। बोला, 'यह तो तुम्हारा कमाल है, कावेरी!...अब भी देखनेवाले को जवान बना देती हो! यह जलवा कि साठ साल का आदमी देखे तो लकीर खड़ी हो जाए!' वह हंसा। दो घूंट और।

कावेरी लेटे ही लेटे नमकीन खा रही थी। थकान गायब। पूरा पैग—बंगाल का जादू!...जड़ पर पड़े तो चेतन हो जाए। कावेरी तो सिर्फ थकी हुई थी।

शंकरराव ने उसका खाली गिलास फिर से भर दिया—अपना भी। दो चिप्स गले में डाली और जुगाली करने लगा। कीड़े पर बेहोशी आ गई है...जबड़ा खूब कसा जा सकता है। पत्थर तोड़ने की हद तक। बोला, 'खूब! ...खूब फोर्स है तुम्हारे नाचने में। बिलकुल वही फोर्स...वही तेज़ी। मान गया तुम्हें। अभी कुछ दिन हुए, गुलाबबाई का संच देखा। स्साली न जाने कहां से एक बिजली ले आई है।...फुर्र से स्टेज पर छोड़ती है और बिजली गिरने लगती हैं। चीज़!...सोलह कलाएं हैं उसमें। दारू है बिलकुल! ...'

कावेरी गम्भीर हो गई। उसे भी खबर मिल चुकी है। गुलाबबाई का डूबा सितारा उसी फुलझड़ी के बल पर फिर से जगमगाने लगा है...जबकि कावेरी पर टिप्पणियां होने लगी हैं—बूढ़ी हो गई

पर चुप रही कावेरीबाई। समझ गई कि बेलापूरकर पर गुलाब ने दांव लगा

दिया है। और बेलापूरकर पर दांव का मतलब है, पूरे ताल्लुके (परगना) का हाथ से निकल जाना। आसपास के दस-पांच गांव भी। बेतूल तक।

शंकरराव ने गिलास खाली कर दिया था। वह झमने लगा है। झम के साथ-साथ बदन में हिलोरें भी तैरने लगी हैं। वह नीचे झुका ...और नीचे। कावेरी उसी तरह पड़ी रही। आंखें उसने भी झपकनी शुरू कर दी हैं। भीतर बदन में खून नाचने लगा है। रफ्तार में तेजी। लावणी-सा उतार-चढ़ाव...

गिलास ऊपर से गिरा, पर टूटा नहीं। नीचे की धरती सख्त नहीं थी। भुरभुरी धूल। चारपाई के नीचे पड़ी रत्ना चौंकी। लगा की दैत्य पानी चीरता हुआ नीचे समा रहा है। पाताल में। राजकुमारी कैद में है। उसकी बांहों में कसी हुई। डर गई वह। आलस उड़ा तो डर निकल गया। वह तो अपनी मां के तम्बू में है। पर...

ऊपर बिलकुल सिर पर खलबली-सी हो रही थी। रत्ना की नींद पूरी तरह उचट गई। शंकरराव हांफ रहा था। बिलकुल रेडियो के डिस्टबेंस की आवाज़।

रत्ना परेशान हो उठी। परेशानी के साथ-साथ भय। उसे याद है कि चिमनराव के पास एक बूढ़ा कुत्ता था। बहुत ज़ोर-जोर से हांफता था। पर वह कुत्ता तो मर गया था!...सब रोए थे। रत्ना को खूब याद है...मगर यह कुत्ते जैसी हांफ!... भूत! ...रत्ना के जिस्म में थरथराहट हुई।

लावणी की कड़ियां धरती पर आ रहीं। गुंथी हुई कड़ियां। रत्ना कांप उठी। चीखते-चीखते रह गई। उसने देखा कि कावेरीबाई और शंकरराव एक-दूसरे से गंथे हुए थे। कितने घिनौने! रत्ना को क्रोध आया। और उस आदमी की ओर तो देखा नहीं जाता। देखे बिना रहा भी नहीं जाता। क्यों—यह पता नहीं।

और वे इतने तन्मय...इतने नशे में कि रत्ना उपस्थित होकर भी उनके लिए अनुपस्थित! और रत्ना इतनी चकित, इतनी नासमझ कि वहीं पड़ी रही।

और तभी कावेरी ने उसे देख लिया, 'तू?...इधर! ...तू यहां क्या कर रही है वेड़ी?...' वह उठी, लड़खड़ाई। एक चादरा खींचकर लपेट लिया। बिलकुल अण्णाजी की तरह। वह नहाने के बाद इसी तरह तौलिया लपेटता है।

'बाहर जा! ...' कावेरी चिल्लाई। रत्ना तेजी से परदा उछालकर भाग पड़ी. "हांफती हुई। बदहवास।

बाहर अंधेरा था। गैस-बत्तियां बुझाई जा चुकी हैं। वे सिर्फ स्टेज के लिए होती हैं। तम्बुओं के लिए सादीवाली लालटेनें। बूढ़ी रोशनी उंडेलनेवाली।

माला के तम्बू का मुंह खुला हुआ है। बाहर चौकड़ी जमी है। चौकड़ी ही है—चिमनराव कामेडियन, बिरज, अण्णाजी और एक सिपाही। बीच में बोतल।

दारूबाज़!...वे बहक रहे थे। चिमनराव गीत गा रहा था। मराठी की लावणी। भौंडी आवाज़ और लावणी के प्यारे बोल। कैसा विरोधाभास! रत्ना का जी हुआ कि उसका मुंह नोच ले। गन्दा। अच्छे-भले गीत का नाश किए दे रहा है।

रत्ना जब उनके करीब पहुंची और भीतर तम्बू में समाने लगी तो चिमन ने टोका।

रत्ना ने सूना अनसुना कर दिया। डर अब भी था। कहीं कावेरीबाई आकर तमाचे न जड़ दे। क्यों देगी तमाचे?...दोनों गन्दे। क्या कर रहे थे वे? पागल हो गए थे। दारू पी रखी थी उन्होंने। दारू में आदमी पागल-सा हो जाता है। दारूबाज कहीं की!

वक्त के अंधेरे में सब कुछ डबा जा रहा था।

अर्थहीन! सब रत्ना के बचपन को छलता हुआ। जो हुआ वह सब रत्ना ने शराबियों से सम्बद्ध कर बिसरा दिया। उसे अण्णाजी का महत्त्व एक पिता की ही तरह लगता रहा था। किसी बार उसने नहीं समझा था कि कई बार आदमी बाप होकर भी बाप नहीं होता, सिर्फ एक रिवाज होता है और रिवाज की ही तरह उसे निबाहा जाता है। चूंकि हर नाम के साथ अक्सर पिता का नाम बताना या लिखना ज़रूरी होता है, इसलिए अण्णाजी पिता था।...पिता नहीं, सिर्फ पिता का तर्क!

माला की तरह उसने कभी सोचने की ज़रूरत नहीं समझी कि कावेरी भी एक तरह से मां नहीं, सिर्फ मां का तर्क ओढ़े हुए है। मूलतः यह संच है—सिर्फ अभिनय! स्टेज पर गढ़ा गया कोई चुटकुला, एक मेकअप, जो चार घण्टे के शो के बाद शेष ज़िन्दगी पर पुता रहता है।

पर कुछ ऐसी जगह भी थीं, जहां चाहकर भी रत्ना उस तरह विश्वास नहीं कर पाती थी जिस तरह उसने अण्णा के पिता होने पर किया था। उदाहरण के लिए यह कि दुनिया संच है और जो कुछ दुनिया की तरह देखा जाता है, वह भी संच है। औरत, मर्द, बच्चे सब उस बड़े संच के अभिनेता हैं और कोई घरू ज़िन्दगी में और कोई बाहरी ज़िन्दगी में नाटक करते हैं।

यह भी कि दुनिया में संच के अतिरिक्त कुछ भी सच नहीं है। माला ने यही बताया था, हालांकि उस समय तक...और बाद में भी...रत्ना इस विचार से कभी सहमत नहीं हो सकी थी, पर सच यही बताया गया था। सबका सच। सब जिसे मानते थे, जानते थे और रत्ना को जनवाना चाहते थे। तब, जब रत्ना इस दंभ तक पहुंचने लगी थी कि वह भी बहुत कुछ जानती है और सच देखने के लिए उसे किसीके तर्क का चश्मा नहीं चाहिए...पर वे थे कि रत्ना को उसी तरह अबोध जानकर समझाए जाते थे। प्रमाण भी देने लगते थे। कभी-कभी उदाहरण।

पर बाद में—बहुत बाद में पहचाना था रत्ना ने कि माला और संच का हर संवाद बला का अर्थयुक्त होता था। वह स्वयं भी अर्थयुक्त थी। यह दूसरी बात थी कि रत्ना उसे कभी समझ नहीं सकी। जब समझा, तब इतना ज्यादा समझ लिया कि उससे घृणा होने लगी...क्रोध आने लगा था उसपर। यहां तक कि कभी-कभी रत्ला उसपर भड़क भी पड़ती थी। ऐसी हर भड़क के उत्तर में माला सिर झुका लेती, चुप रह जाती या रत्ना की ओर इस तरह देखने लगती, जैसे रत्ना मूर्ख है और वह उसकी मूर्खता सहकर उसपर दया कर रही है। माला रत्ना पर दया करती हुई...

पर उन दिनों की माला कोई और ही थी। तब की जब वह समझ में नहीं आती थी। उस माला पर रत्ना को प्यार आता था...सिर्फ उसी माला से उसे प्यार था...

गुलाबबाई के संच ने धूम मचा दी थी उन दिनों।...उन्हीं दिनों वह माला पैदा हुई थी, जिसपर रत्ना को प्यार आता था।

कावेरीबाई, अण्णाजी, श्यामा मौसी, चिमन कामेडियन, बिरज और कामगार छोकरे...सब चिन्तित!

गुलाबबाई के हीरे ने वह कौंध पैदा कर दी कि सब चकाचौंध होने लगे।

हाउस फुल सपना बन गया। मुश्किल से तीन दिन तक प्रोग्राम हो पाता, फिर यह हाल कि लोग आएं तो संच तमाशा शुरू हो! ... और लोग बिलकुल गायब।

कावेरी को अपने पिछले सालों पर अविश्वास-सा होने लगा था-क्या संच में कभी वे दिन भी थे जब आधे लोग पंडाल के बाहर से प्यासे ही लौट जाया करते थे?...

संच पर पूरा खर्च था। पन्द्रह-बीस आदमियों की रोजी और पार्टी के इधर से उधर आने-जाने का भाड़ा...और भी दस तरह के खर्च! ...

हद तो उस वक्त हुई जब बीच तमाशे में एक दिन पांच रुपयेवाला एक दर्शक उठ खड़ा हुआ। हाथ हवा में फेंककर कावेरीबाई से बोला, 'अब तू गई काम से! वह बात नहीं रही अब!'

और कावेरीबाई सहमी-सी रह गई थी मंच पर। समझ बहुत पहले से रही थी कि संच का मंच अब उसे दूर फेंक रहा है, पर उस दिन तो साफ-साफ उछाल दिया गया था उसे। उसने शो खत्म कर दिया था। रात को बैठक होती रही थी-क्या करें अब? यह सवाल बहुत पहले से सबके चेहरे पर लिखा नज़र आने लगा था, पर उस दिन उन्होंने एक-दूसरे से वह सवाल कर भी दिया था।

फिर सवाल का हल निकाला गया—माला! ... 'आम, जिसका कुछ हिस्सा पीलापन लेने लगा था। पार्टी कुछ दिन के लिए प्रोग्राम करना छोड़कर गांव में आ ठहरी थी। माला की ट्रेनिंग होनी है। कावेरी, उस्तादजी और वादक तीन तरफ से उसे घेर लेते। एक ओर बैठ जाती रत्ना—उसके बाद अण्णाजी, चिमन...और बाकी लोग!

ता...धिन्...धिन्...तकधिन् तघ्र....ता! ...

माला चक्करमाई खाने लगती...

और शाबाशियों के बीच कावेरी की गर्वोक्ति 'देखूगी, गुलाब की फलझड़ी को! ...'

बला की फुर्ती थी माला में। बिलकुल कावेरी का अवतार! जैसे वही उम्र, वही जवानी, दूसरा नाम धरकर मंच पर उतरने वाली है। अण्णाजी, चिमन, बिरज सबके सूखे चेहरों पर मुसकराहटों की नई कोंपलें निकलने लगी थीं। रत्ना भी खुश होती। तमाशा शुरू होगा। वह धूमधाम, जो कुछ समय पहले थम गई

थी, फिर से देखने को मिलेगी...

पर माला अप्रसन्न थी। यह उस दिन मालम हुआ था रत्ना को, जब कावेरी ने उसे पीटा था। सब ठिठके खड़े देखते रहे थे और कावेरी उसे छड़ियों से पीटती गई थी...सड़ाक्! सड़ाक्! ...

... बोल! अब कहेगी, तमाशे को रंडीपन!...बोल, ऐसी बात! कहेगी!'

'नहीं! ...' वह जमीन पर गिर पड़ी थी।

क्या कहा था माला ने? रत्ना को उस समय मालम हुआ था, जब वह कराहती हुई रात-भर जागती रही थी—रत्ना के करीब लेटकर। माला के शरीर पर छड़ी ने कई-कई जगह लकीरें बना दी थीं और उन लकीरों पर खून छलछला आया था। लकीरें कसकने लगी थीं। रात को कसक बहुत बढ़ गई थी।

'क्या बात हुई थी माला?' रत्ना ने सवाल किया था। उसे भी नींद नहीं आ रही थी। कैसे आती? रह-रहकर कावेरी का वह विद्रुप रूप आंखों के सामने उभर आता था...पिसते दांत, भिचे शब्द, छड़ी बरसाता हाथ और खूंख्वार नज़रें! ..."

'कुछ नहीं।' माला ने कहा था। करवट बदल ली थी। वह कटु क्षण का स्मरण तक नहीं करना चाहती। लकीरें और कसक उठती हैं।

रत्ना थोड़ी देर चुप रही। कुछ तो है जिसके कारण...उसने पूनः पूछा था, 'फिर भी तो, अक्का!...बता, मैं तेरी छोटी बहन हूं न!...क्या हुआ था?'

माला ने उत्तर नहीं दिया। सिसकियां भर-भरकर रोने लगी।

रत्ना को उसकी सिसकियां सुनकर ऐसा लगने लगा था जैसे उसके अपने शरीर पर भी लकीरें हैं, जिनमें खून...निर्दय कावेरी! मां है या...रत्ना ने हौले से करकट दिलाई माला को। चेहरा सामने आ गया। सहानुभूति-भरे मृदु स्वर में वही सवाल, क्या हुआ था अक्का?'

'मुझसे गलती हो गई थी, रत्ना।' माला गम्भीर आवाज में बोली थी, 'मुझसे बहुत बड़ी गलती हो गई थी।'

'थाप गलत हुई थी, या बोल भूल गई?' सहज भाव से रत्ना ने पूछा था।

'हां, थाप भी गलत हो गई थी और बोल भी भूल गई थी।' वह बोली, 'संच की औरत को तमाशे में थाप ढूंढ़ना चाहिए।' मैंने वह थाप गृहस्थी में ढूंढ़ने की

कोशिश की। संच की औरतें गंगाजल पीने के लिए नहीं होती। मैंने यह गलती भी की थी।'

और रत्ना फिर गड़ाप्! ... कुछ नहीं समझी। बस, इतना समझ चुकी थी कि कोई बात ज़रूर थी, जिसके लिए कावेरी ने उसे पीटा था...पीटना जायज लगने लगा था। मां है। गलती होगी तो पीटेगी ही, पर नाजायज़ सिर्फ यह लगा था कि कावेरी ने उसे ज़्यादा पीट दिया। कितना भयानक गुस्सा! ...

लेट गई थी वह। चुप। आंखें तम्बू के चौकोर आसमान पर लटकी हुई। नींद गुम। उसे लगा था कि किसी दिन वह भी पिट सकती है, इसी तरह। वह भी तो कावेरी की बेटी है और कावेरी का क्रोध खराब!

माला भी चुप। बाहर बड़ी रात तक चिमन, अण्णा, बिरज वगैरा टोली लगाए बैठे रहते। तमाशा तो होता नहीं था उन दिनों पर वे जागते उतनी ही देर तक थे। आदत न बिगड़ जाए इसलिए। उन दिनों पीने के लिए शराब भी नहीं मिलती थी। कावेरी ने माला की तैयारी के दिनों को घाटे के दिन माना था। घाटे के दिनों में उसने अपना खर्च कम कर दिया था...और कावेरी के खर्चों की कमी सारी पार्टी के खर्चों की कमी थी। कभी-कभार अण्णाजी या चिमन यहां-वहां से उधार या दोस्ती में पाव-दो पाव मसाला ले आते...फिर कई-कई पखवाड़ों तक छुट्टी।

रत्ना और माला देर तक उनकी आवाजें सुनती रही थीं। बीच-बीच में माला ने कई-कई बार करवटें बदलीं। कावेरी के दिए घाव कसकते थे...फिर अचानक उठी थी माला। उसने एक सिगरेट सुलगा ली थी और चुपचाप बैठकर पीने लगी थी...रत्ना ने देखा था, पर यह खास बात नहीं थी। माला बहुत दिनों से चोरी-छिपे पीती थी। काफी दिन हुए जब एक बार रत्ना ने उसे देख लिया था तो माला ने रिश्वत में उसे भी एक सिगरेट पिलाई थी...पहले खांसने लगी थी वह, आंखों में आंसू आ गए थे...फिर सहन हो गई थी उसे। अब कभी-कभी वह भी पी लिया करती है। आनन्द आता है। खास तौर से उस वक्त जब धुएं का छल्ला उड़ाया जाए!...

रत्ना ने सोने की कोशिश की थी... शायद सो भी जाती, पर थोड़ी देर बाद फुसफुसाहटों ने उसे जगा दिया था...

'ऐ...माला! हिश्श...'

'कौन?...तू?' माला चौंक गई।

रत्ना भी चौंक गई थी। उनींदी पलकें उठाकर देखा था। कामगार लड़का है—नया लड़का। देशी आदमी—नाम जगन्नाथ। बेकार फिरता था। कावेरी ने सस्ते भाव में साथ रख लिया है... पर यहां इस तरह माला को क्यों जगा रहा है?

'तू यहां क्यों आया है? मुझे मरवाएगा क्या?' माला झल्ला रही थी।

। रत्ना समझ गई कि कुछ है। पर क्या है, यह समझना हमेशा की तरह शेष। माला का एक बिलकुल नया तमाशा सामने था। अभी मुश्किल से एक महीना तो हुआ है, इस लड़के को संच में आए हुए, और माला से इतनी दोस्ती...

'मुझपर रहा नहीं गया माला। इसीलिए चला आया हूं। कितना मारा है तुझे?' लड़के की आवाज़ भर्राई हुई है।

रत्ना उसके प्रति श्रद्धा से भर उठी। कितना भला लड़का है! सारे संच में से किसीने माला की खोज-खबर नहीं ली है और यह है कि इतना खतरा उठाकर आधी रात को माला के लिए सहानुभूति जतलाने आया है। इतना अच्छा है जगन्नाथ। रत्ना को अब तक मालूम ही नहीं था। सच्चा दोस्त!

'पर तुझे किसीने...' माला डर गई थी। रत्ना की ओर देख चुकी है। आंखें मुंदी हैं उसकी। सो रही है, यह जानकर ही माला जगन्नाथ से बतियाने लगी है—बिलकुल सूई जैसी बारीक आवाज़ में। अगर ये दोनों रत्ना से दो हाथ दूर भी हो जाएं तो रत्ना उन दोनों के शब्द नहीं समझ सकेगी...बाहरवाले तो सुन ही क्या सकते हैं!

पर वे दो हाथ दूर जाते कहां? वहीं फुसफुसाने लगे थे। सारे तम्ब में सामान अटा हुआ है। एक बार पुनः सशंक माला ने रत्ना की ओर देखा था।

'मुझे किसीने नहीं देखा है।'

'पर तू यहां क्यों आया?'

'दिल नहीं माना, इसलिए!...तुझे बहुत चोट लगी है क्या?'

माला की आवाज़ भर्रा गई थी, 'हां, बहुत।'

'तू रो रही है।'

'रोना ही तो है मेरी ज़िन्दगी में।'

वह चुप हो गया था।

थोड़ी देर माला भी चुप रही। वह बोला था, 'रो मत। जल्दी ही सब ठीक हो जाएगा।'

'क्या ठीक होगा!...उसने निराशा से उत्तर दिया था।

'मैं...मैं कुछ न कुछ करूंगा।'

'क्या करेगा तू?'

'मैं तुझे उड़ा ले जाऊंगा यहां से! पर तुझे जरा हिम्मत से काम लेना चाहिए।'

रत्ना के फेफड़ों में हवा भर आई है। खांसी आने को ही है...आ गई...

फुसफुसाहटें तेज़ हुई। माला की आवाज़, 'अब...अब तू जा यहां से! जल्दी!'

'कल मिलेगी न?...' वह लौटता हुआ बोला, 'वहीं पुरानी जगह।...क्यों?'

'हां। हां।...तू जा!'

वह चला गया। तम्बू के पिछवाड़े का एक हिस्सा ऊपर उठा. कर मछली की तरह बाहर फिसल गया।

माला पुनः लेट गई थी—निश्चिन्त। रत्ना को बहुत दुःख हुआ। खांसी न आती तो शायद माला जगन्नाथ से और बातें करती! ... इसका मतलब है कि जगन्नाथ से काफी गहरी दोस्ती है माला की। वे कहीं एकान्त में मिलते हैं। कहां, रत्ना को मालम नहीं है, पर कोई जगह ज़रूर है...कल भी माला उससे वहीं मिलेगी। कह रहा था कि वह माला को उड़ा ले जाएगा!.... उड़ाना यानी भगाना। भगा ले जाएगा उसे! माला उसके साथ भाग जाएगी! इतनी बच्ची नहीं है रत्ना। समझ चुकी है कि माला और जगन्नाथ एकसाथ कहीं जानेवाले हैं। वे चले जाएंगे और विवाह कर लेंगे...विवाह करने के बाद माला को नाचने की क्या ज़रूरत रहेगी?...नौकरी करेगा—जगन्नाथ, और माला घर पर उसके लिए रोटी बनाया करेगी और बस!...कोई काम नहीं। कोई बन्धन नहीं। मौज-मज़े की ज़िन्दगी।...फिर कावेरीबाई कभी उसे मार नहीं सकेगी। तब कैसे मारेगी, जब माला तमाशे की औरत ही नहीं रहेगी!...कैसे मार सकेगी?

रत्ना खुश हुई। अच्छा है कि वे भाग जाएं। यह भी कोई "ज़िन्दगी है कि रात-रात-भर नाच रहे हैं, सिगरेट पी रहे हैं , मार खा रहे हैं। दारूबाजों

की बातें सह रहे हैं! उसने पलक उठाई थी—बड़ी सावधानी से। देखा कि माला करवट लिए पड़ी है। सो गई है शायद...नहीं! सोई न होगी। सोच रही होगी कि कैसे भागे? रत्ना जानती है कि भागना बड़ा कठिन काम होता है। श्यामाबाई ने एक दिन बातों ही बातों में एक किस्सा सुनाया था कि उसके साथ काम करने वाली एक लड़की किसीके साथ भागी...ऐसा चक्कर चलाकर भागी कि कोई उसे पकड़ ही न सका। बहुत ढूंढ़ा गया था उसे। कई साल बाद मिली थी। जब मिली थी तब नाच के लिए बेकार हो चुकी थी। उसके चार बच्चे थे और वह बड़े ठाठ से अपने मर्द के साथ रहती थी। मर्द आइसक्रीम बेचता था। दोनों कभी-कभी संच देखते। पैसे फेंकते और तमाशा देखते!...

अब किसी दिन माला और जगन्नाथ भी ऐसे ही होंगे। वे पैसा फेंकेंगे और ठसके के साथ दर्शकों में बैठकर तमाशा देखेंगे। क्या मालम किसी दिन यहीं का तमाशा देखें तब रत्ना नाच रही होगी शायद! ...

क्या रत्ना को भी नाचना होगा?

नहीं नाचेगी तो क्या करेगी? नाचना यहां की हर लड़की की नियति है। रत्ना को याद है, उस दिन कावेरी ने श्यामाबाई से कहा था, 'अब रत्ना भी ऐसी हो चुकी है कि स्टेज पर उतार दी जाए...!'

'हां, हो चुकी है।' श्यामाबाई बोली।

'हां।...थोड़े दिन बाद रत्ना भी तैयार हो जाएगी। है न?' कावेरी की आंखों में ऐसा लोभ था जैसे रत्ना लड़की नहीं है, खाने की चीज़ है।

चुप है रत्ना। हालांकि भीतर सवाल-दर-सवाल उभरे जाते हैं। तर्क-वितर्क करते हुए सवाल। आज भी सवालों ने घेर लिया है। माला और जगन्नाथ भागनेवाले हैं। माला भाग जाएगा और नाच से मुक्त हो जाएगी।

पर नाच से क्यों मुक्ति चाहती है माला?...और रत्ना का ही क्यों पसन्द नहीं है नाचना?

माला के बारे में वह नहीं जानती, पर अपने बारे में जानती है। उसे अच्छा नहीं लगता। इतनी भीड़ के सामने पागलपन... हां, कावेरी मंच पर जो कुछ करती है उसे पागलपन ही लगता है—और पागलपन रत्ना को पसन्द नहीं है। मगर कावेरी कहती है कि पेशा है। पेशा माने धर्म। धर्म से रोटी कमाना। सब

अपना-अपना धर्म निबाहते हैं और पेशा करते हैं। तबले वाला तबला बजाता है। पटेल पटेलगीरी करता है। नेता भाषण देता है। कायदे-कानून की बात करता है। सब अपना-अपना पेशा करते हैं और रोटी पाते हैं...कावेरी, माला, रत्ना सबका पेशा नाचना है। संच चलाना। तमाशा करना। उन्हें अपना पेशा करना पड़ेगा।

पर जाने क्यों माला और रत्ना को यह पेशा पसन्द नहीं है। कुछ और करना चाहती हैं जो तमाशा न हो!... क्या करना चाहती हैं?

माला को मालूम है...रत्ना को नहीं मालूम! ...रत्ना सिर्फ इतना जानती है कि पेशा बदलना पड़ेगा। तमाशा नहीं, कुछ और...

एक जोंक की तरह चिपकाए रही थी दृष्टि!... 'माला का पीछा करती हुई दृष्टि। जगन्नाथ से मिलेगी वह। कहां मिलेगी? कब?...रत्ना को ध्यान रखना है। क्यों रखना है, यह नहीं जानती। बस, जी होता है कि ऐसा किया जाए। उन दोनों की बातें अच्छी लगती हैं। सुनेगी। सुनने में रत्ना को आनन्द आएगा।

बहुत आनन्द आया।

वे सरकारी पाखाने में मिले। संच-पार्टी से काफी दूर एकान्त में पड़ता था वह पाखाना। दूसरे दिन माला काफी देर से गई थी उधर। तब, जब उसने देखा था कि जगन्नाथ डिब्बा लिए चला जा रहा है। दोनों ने एक-दूसरे को देखा था। आंखों ही आंखों में कुछ संकेत हुए थे और फिर क्रम से चल पड़े।

रत्ना ने समझ लिया था कि वे मिलने जा रहे हैं। क्या करे वह? वह उनके पीछे हो ली थी। आगे-आगे जगन्नाथ। मुंह में बीड़ी, अन्डरवीयर और बनियाइन। पीछे-पीछे माला। एक और डिब्बा हाथ में।...और सबसे अन्त में रत्ना। उन दोनों से बचती हुई। हर पल सावधान!

दाईं तरफ ज़नाना पाखाना है, बाईं तरफ मर्दाना। मर्दाने पाखाने की ओर जाकर जगन्नाथ ने चौकन्नेपन से चारों ओर देखा था, फिर भीतर समा गया। भड़ाम्...कि...दरवाज़ा बन्द!

माला दाईं तरफ पहुंची। पिछवाड़े का एक चक्कर लिया और फिर मर्दाने में

समा गई।

रत्ना दौड़ पड़ी थी—शायद जगन्नाथ अपने संडास का दरवाज़ा खोल रहा है।

दरवाज़ा बन्द! दोनों एक में। अब क्या करे रत्ना?...एक पल ठिठकी रही थी दीवार की ओट में। फिर सूझ गई थी योजना। संडास के पिछवाड़े सूना पड़ा है—जंगल-सा। जिस संडास में माला और जगन्नाथ समाए थे, उसके पीछे दीवार से सटी कचरे की टंकी है। रत्ना उसपर चढ़ गई। रोशनदान पर आंख लगा दी। थोड़ा-थोड़ा धुंधलका फैलने लगा था। इस वक्त कोई क्यों आएगा? आएगा तो पिछवाड़े क्यों आने लगा?

संडास में वे दोनों निश्चिन्त थे। जगन्नाथ ने माला को भींच रखा था बांहों में। उसे वह अपने करीब सटा रहा था—फिर उसने माला को चूम लिया था और माला भी खूब है! बिलकुल छिपकली की तरह उससे चिपक गई थी। दीवार पर चिपकी छिपकली!...रत्ना को कोई विशेष मज़ा नहीं आया शुरू में। यह तो सब यों ही है। कुछ बातें होनी चाहिए...

फिर बातें भी होने लगीं।

जगन्नाथ का दबा स्वर, 'हां अब बोल!...क्या करना है?'

'तू बता।'

'मैं क्या बताऊं? गए तो कहां जाएंगे? कोई घर-द्वार भी तो होना चाहिए।'

'हूं-अूँ,...तो पहले मकान ढूंढ़ना पड़ेगा।'

'हां।'

'कहां?...पहले यह सोच कि कहां जाएंगे?'

'कहीं भी चले जाएंगे। यहां से दूर...पर-गांव।' जगन्नाथ ने कहा।

'ठीक है।'

'मकान से पहले यहां से निकलना पड़ेगा। समझी।...मकान तो कहीं न कहीं मिल जाएगा। पैसे होने चाहिए।'

'कहां हैं पैसे?'

'हूं-अूं, यही तो चक्कर है।' जगन्नाथ सोच में पड़ गया।

'आई मुझे अगले महीने ही उतार देगी तमाशे में। उससे पहले ही कुछ...'

‘हां। वही सोच रहा हूं।’

‘कब सोचेगा?’ माला ने निराशा से कहा।

‘चिन्ता क्यों करती है। सब ठीक हो जाएगा।’

‘तू हर बार यही कह देता है।’ वह थकने लगी।

जगन्नाथ ने उसे बांहों में भर लिया। चेहरा उसके करीब... फिर माला के होंठों पर कुछ तपन उंडेल दी...अचानक वह उसके सीने से चोली खींचने लगा ...माला ने विरोध किया, ‘नहीं!...नहीं। यह नहीं। अभी नहीं। लगन...’

‘लगन तो होगा ही पगली, पर...यह तो बस, यों ही।’

‘नहीं, नहीं!’ उसने सख्ती से अपने-आपको उससे अलग कर लिया।

‘पर इसमें है क्या?’ वह कुछ समझाने लगा। उसने फिर से माला को बांहों में भर लिया, ‘मैं तुझे प्यार करता हूं, माला! परमात्मा की कसम! बहुत प्यार करता हूं।’

‘नहीं।...पहले लगन।’ वह कसमसाने लगी, ‘तू हर बार यही कहकर ...नहीं!’

रत्ना ने रोशनदान तक पहुंचने के लिए टंकी की दीवार पर एड़ियां उठा रखी थीं। अब उनमें दर्द हो आया है—असह्य हो गया है बिलकुल! उतर आई। बातें तो खास नहीं थीं...लगता था कि कुछ हुआ ही नहीं, उससे अलग माला का वह इन्कार, जगन्नाथ का उसे भींचना...न समझते हुए भी माला का भिचते जाना ...रत्ना एक भारीपन लिए हुए वापस हो ली। उसे वह अजीब, पर अच्छा लगा। उसके अपने शरीर में नीचे से ऊपर तक एक गुदगुदी आ बैठी...पहले तो कभी महसूस नहीं हुई है यह गुदगुदी!

वह उसके मुंह पर मुंह...छिपकली की तरह चिपक जाती थी माला और वह उसे जकड़कर मसक डालता था।

रत्ना को लगा कि उसके अपने होंठों पर चींटियां रेंगने लगी हैं...ये चींटियां क्रमशः सीने पर गोल-गोल घेरे बनाती हुई जांघों तक उतर आई हैं और अजीब-सी गुदगुदी पैदा कर रही हैं सारे जिस्म में! गुदगुदी या कौंध?...कौंध या जलन? ...जलन या एक बेचैनी?...रत्ना होंठों को रगड़ने लगी थी। चींटियों की रेंग और तेज़ हो गई...रत्ना ने दांतों में हथेली का गुदगुदा हिस्सा भींच लिया ज़ोर से! और खुद ही आह भरकर छोड़ दिया!

कम्बख्त माला और जगन्नाथ...क्या कर रहे थे, पर जो कर रहे थे बहुत आनन्ददायक था! ....

आनन्ददायक, या तकलीफदेह! ... अगर माला की जगह रत्ना होती तो...रत्ना का शरीर निराशा से ढीला पड़ गया। एक विचार—कितनी सौभाग्यशालिनी है माला। उसके पास जगन्नाथ है। बलिष्ठ, सुन्दर और आकर्षक मर्द! मर्द, जो कहता है कि वह उसे ले जाएगा। दूर किसी शहर में। वहां मकान ले लेगा... फिर उस मकान में दोनों रहेंगे...वह कमाया करेगा और माला को खिलाएगा, खाएगा—उनके बच्चे होंगे। बच्चे स्कूल जाया करेंगे...

तमाशे में रहकर यह सब तो हो नहीं सकता! ...

रत्ना लेट रही। अभी-अभी बिरज एक लालटेन जलाकर तम्बू में रखा गया है। उसका काम यही है। पास के तम्बू से धुंघरुओं की झनझनाहट उठने लगी। रत्ना का जी हुआ कि हंसे। मूर्ख हैं सब! उस चिड़िया को बांधना चाहते हैं, जो उड़ने वाली हैं। ट्रेनिंग दे रहे हैं उसे!...

अच्छा कर रही है माला! जगन्नाथ भी खूब अच्छा आदमी है।

क्या रत्ना ऐसा नहीं कर सकती? उसे नहीं मिल सकता कोई जगन्नाथ? जगन्नाथ जैसा ही होना चाहिए। जो कहे कि कहीं दूर ले जाएगा।

क्या ऐसा नहीं हो सकता कि जगन्नाथ ही उसे...पर नहीं। वह रत्ना को क्यों ले जाएगा? वह उससे थोड़े ही, वह तो माला से प्यार करता है।

तब?

तब क्या ऐसा नहीं हो सकता कि रत्ना को भी वे अपने साथ ले जाएं माला और जगन्नाथ!

हां, यह हो सकता है।...पर कैसे होगा? तब होगा जब माला और जगन्नाथ की चोरियां रत्ना के सामने पूरी तरह खुल जाएं। तीनों एक-दूसरे के सामने साफ-साफ आ जाएं। पर कैसे आ सकते है।

यह करना रत्ना के हाथ है!... कर देगी। आज ही—अभी!

और यही किया था उसने। माला नाच से लौटी तो रत्ना उससे उलझ गई।

माला बहुत थकी हुई थी। और दिन से ज़्यादा थकी हुई लग रही थी।

'अक्का!...'

'क्या?'

'एक बात पूछं?'

'पूछ।' माला घुंघरू खोलती हुई बोली। बिलकुल लापरवाह। उसे क्या मालूम कि रत्ना उसे चौंकानेवाली है।...

रत्ना ने पूछा, 'जगन्नाथ तुझे प्यार करता है न?...'क्यों?'

माला की गांठ खोलती अंगुलियां धुंघरुओं से टकरा गईं। चेहरे पर सन्नाटा। आवाज़ में हिलक, 'यह...यह तुझे कैसे....'

'मुझे सब मालूम है, अक्का!' रत्ना ने अकड़कर कहा, 'सब मालूम है। आज मैं सब देख रही थी।...कल भी देख रही थी।'

माला ने धुंघरू खोलना छोड़ दिया। एक पैर का उतर गया। था। वह घबराकर तम्बू में इधर-उधर देखती हुई रत्ना के पास आ बैठी, 'क्या देखा तूने?'

'सब! ...' रत्ना और अकड़ी। समझ गई कि माला उससे डर रही है। बोली, 'उधर संडास में तुझे जगन्नाथ गले लगा रहा था।...'

माला कांपने लगी। धमकी-भरे स्वर में बोली, 'धीरे बोल।'

'अच्छा।' और रत्ना सुनाने लगी थी। बिलकुल प्रारंभ से—किस तरह गई रात जगन्नाथ तम्बू में धुसा था...फिर संडास में कसे गया...पीछे-पीछे रत्ना किस तरह गई और वह सब जो देखा था, सुना था।

माला के चेहरे पर पनीला बादल उतर आया। खूब गहरी घटा-सा अंधेरा। दबे स्वर में बोली थी, 'मेरी बहिन है न तू?...'

'हां।'

'फिर एक बात मानेगी मेरी?'

'क्या?'

'किसीसे कहना नहीं कुछ।...मैं...मैं तुझे पांच रुपये दूंगी। ऐं?'

'मुझे रुपये नहीं चाहिए।'

'फिर?' डरकर माला ने सवाल किया।

रत्ना ने उसके चेहरे की ओर देखा। आंखों के भय को समझा। ज़िद के स्वर

में कहा, 'मैं भी तुम्हारे साथ चलूंगी।'

'किसके साथ?'

'तेरे और जगन्नाथ के साथ। तुम दोनों भागनेवाले हो...?'

'चुप्! ....' माला ने अपनी हथेली रत्ना के हाथ पर रख दी।

सहमकर रत्ना चुप हो गई थी। थोड़ी देर माला भी चुप रही थी, फिर बोली, बहुत दबी आवाज़ में, 'कहां चलेगी?'

'जहां तुम जाओगे। मुझे भी संच अच्छा नहीं लगता है अक्का। मैं भी तुम्हारी ही तरह...'

'अच्छा, अच्छा।' भयातुर माला ने पुनः चारों ओर देखा, फुसफुसाई, 'मैं तुझे ले चलूंगी साथ, पर...पर अभी नहीं।'

'कब?'

माला सोच में पड़ गई। किस तरह बहलाया जा सकता है उसे? बहलाना ही एक चारा है। डांटा नहीं जा सकता। कहने लगी थी, 'रत्ना अभी तो हमारा ही ठिकाना नहीं है। जब कहीं पर जम जाएंगे, तब मैं धीरे से किसी दिन जगन्नाथ को भेजकर तुझे बुलवा लूंगी। ठीक है?'

'पर...'

'पर क्या, ज़रा सोच।' माला ने उसे समझाया था, 'एक-एक कर निकलना ठीक रहेगा। अपन दोनों एकदम गए तो न मैं निकल पाऊंगी, न तू!...ऐसे मामलों में धीरज से काम लेना चाहिए।'

'अच्छा।' रत्ना ने स्वीकार लिया। यह सोचकर खुश थी कि उसकी योजना सफल हो चुकी है।

'पर...पर एक ख्याल रखना, किसीको ज़रा भी मालूम नहीं होना चाहिए कि...'

'तू निश्चिन्त रह।' रत्ना ने उसे विश्वास दिला दिया था।

अगले सप्ताह की तारीख तय हो गई थी। जुलाई का महीना और पांच तारीख। सबसे पहला प्रोग्राम मुलताई में ही होगा। वहां गुलाबबाई की पार्टी चल रही है इन दिनों। उस फुलझड़ी का शोर है जिसे लेकर इन दिनों गुलाब ने कावेरी का संच बिठा रखा है। कावेरी भी खूब तेज़ औरत है। उसने भी तय कर लिया है कि गुलाब को पानी पिलाकर ही छोड़ेगी! ... और सब कहते हैं कि पिला

भी देगी पानी। माला उसके पास है। सांचे में ढला शरीर, आकर्षक सौन्दर्य, आवाज़ लचीली, आंखें बिजली की कौंधें...गुलाब की पार्टी को पहली थाप पर ही पाताल पहुंचा सकती है माला! तिसपर कावेरी ने उसे ट्रेण्ड भी इस तरह किया है कि रग-रग में साज-सुर भर दिए हैं। फुलझड़ी क्या करेगी उसका मुकाबला! अभी दो दिन हुए, शंकरराव बेलापूरकर को खास तौर से इसीलिए बुलाया था कावेरी ने। उस इलाके का नेता है। फुलझड़ी का आशिक...! माला का प्रोग्राम दिखाकर कावेरी ने उससे सवाल किया था, 'क्या हाल है, शंकर? देखा, यह है मेरा लहू! कावेरी का लहू। यह मैं ही हूं। बीस साल पुरानी मैं! कहां रहेगी गुलाब की फुलझड़ी?'

माला किनारे खड़ी थी। दबी नज़र, सहमकर दोहरा होता बदन, और होंठों पर कम्पन...पूरे नाच में वह बूढ़ा इस तरह उसे देखता रहा था जैसे अभी गिलास में घोलकर पी जाएगा।...और धुल भी जाएगी निरीह माला! शक्कर की गोली-सी।

उस समय भी उसी तरह देख रहा था। कावेरी की बात पर चुप रहा था वह...

उसकी टकटकी कावेरी ने चेहरे के सामने हथेली हिलाकर तोड़ी थी, 'किधर गया है शंकरराव!...'

'हिहि...हिह...' बेहूदगी से हंस पड़ा था वह। यह हंसी एक स्वीकार भी थी, उत्तर भी।

कावेरी बोली, 'तसल्ली हुई कि नहीं?'

'तुम्हारी बात ही और है, कावेरीबाई!...वह गुलाब सारी ज़िन्दगी तुम्हारी एड़ी के नीचे रही है, उसकी बेटी में क्या दम है कि तुम्हारी बेटी से ऊपर जाए? ...माला से उस छोकरी का जोड़ ही नहीं है।...यह तो पहली बार में ही उसे बिठा देगी?...'

कावेरी ने संकेत से माला, रत्ना वगैरा को वहां से चले जाने के लिए कहा था। रत्ना को पहले दरजे का गुण्डा लगा था शंकरराव...है भी। उस रात की तसवीर रत्ना की आंखों में अब अर्थयुक्त हो चुकी थी, जिस रात उसे कावेरी के साथ... छिः छिः! जैसी कावेरी वैसा ही यह गुण्डा।...गुण्डा ही हुआ।...

आज वह रत्ना को घूर रहा था—इस तरह जैसे खाने की चीज़ है रत्ना। अभी उसे मुंह में डालेगा और गटक जाएगा। कमीना कहीं का!

जाते-जाते सुना था रत्ना और माला ने। कावेरीबाई उससे कह रही थी, 'तो

बस, अब बखत आया है, मेरी दोस्ती निबाह दो। यह माला एक तरह से तुम्हारी ही बच्ची है।...गुलाब के संच के बिलकुल सामने हमारी पार्टी को जगह मिलनी चाहिए। उसी तारीख में हम भी प्रोग्राम देंगे जिस...'

'बिलकुल! सब ठीक हो जाएगा। जैसा तुम चाहोगी, सब हो जाएगा। चिन्ता क्यों करती हो सरकार!...' शंकरराव की आवाज़ सुनी थी उन्होंने और बाहर आ गई थीं।

और फिर उसके जाते ही तय हो गई थी तारीख। अण्णाजी उसके साथ बैतूल गया था, फिर मुलताई...लौटा था दो दिन बाद—तारीख लेकर।...उसने पार्टी को खबर सुनाई थी, दस दिन बाद, जुलाई की पांच को मुलताई से प्रोग्राम शुरू होगा।...फिर बैतूल, फिर नागपुर, फिर वर्धा...गुलाब के संच के सामने ही जगह मिली है।' खुश होते हुए उसने बताया था,'आठ दिन पहले से वहां डोंगी पिटने लगेगी माला के नाम की।...और फिर सब तरफ माला होगी—सिर्फ माला!...'

चेहरों पर फूल उग आए थे...महकते, मुसकराते, गदराते फूल!

और माला?...रत्ना ने उसकी ओर देखा था। समझ गई थी कि वह मुरझा गई है। फिर रत्ना की दृष्टि गई थी जगन्नाथ की ओर...वह धरती की ओर देख रहा था—चुप!

जब जगन्नाथ ने यह कहा था कि डूबती रात निकलेंगे, तब माला को भय लगा था। किसी और से नहीं, अपने-आपसे। कहीं ऐसा न हो कि वह सोती ही रह जाए...उस वक्त बहुत ठण्डी और आरामदेह हवा चलती है।

उस वक्त माला कांप गई थी, जब उसने प्रस्ताव किया कि कावेरी का बक्सा खोलकर वह लाकिट निकाल ले, जिसमें कम से कम तीन तोले सोना है। अगर उसके साथ ही रखी अंगूठियां भी उड़ा दे तो ठीक रहेगा। तीन-चार तोले सोना उनमें निकलेगा। सब पुराने सोने की हैं—असल! कम से कम दो महीने का खर्च निकल आएगा। जाते ही तो कहीं काम मिल नहीं जाएगा...

'नहीं...नहीं, यह मुझसे नहीं होगा।...आई बड़ी क्रोधी है।' माला साफ मुकर गई थी...'

'पर जब तक उसे मालूम होगा, तब तक तो हम न जाने कहां पहुंच चुके होंगे?' वह बोला, 'ज़रा समझदारी से काम ले माला!

अपुन बिलकुल खाली हाथ हैं। कुछ नहीं है अपने पास। यहां से गए तो कुछ तो खाएंगे।...कहां से खाएंगे, बोल!'

'पर...नहीं, नहीं...'

'तुझे मुझपर विश्वास नहीं है, क्यों?' जगन्नाथ ने बांहों का नागपाश कस दिया माला के गिर्द।

माला चुप।

'डर लगता है।' माला ने कांपती आवाज़ में कहा था।

'और तब डर नहीं लगता जब मुझसे मिलती है। क्यों?' वह तर्क करने लगा, 'तब डर नहीं लगेगा, जब रात को मेरे साथ भागेगी। ऐं?'

माला निरुत्तर।

'तो शाम तक मुझे ला देना सब।' उसने आदेशपूर्ण स्वर में कहा था। एक बार फिर उसे बांहों में भरकर चूमा था और चला गया।

उसके जाने के बाद माला एक नशे में भर गई थी। स्पर्श, आदेश और उसका विश्वास—तीनों किसी नशीले प्रभाव से युक्त थे। माला ने बड़ी सफाई से कावेरी का बक्स खोला था। लाकिट निकाला था और तीन अंगूठियां...सारी चीज़ें शाम को उसे सौंप दी थीं।

उस समय रत्ना भी मौजूद थी। हालांकि वह समझ कुछ भी न सकी होगी। माला ने इस सफाई से उन चीज़ों की पुड़िया जगन्नाथ को दी थी कि वह देख भी न सकी...और जगन्नाथ पुड़िया लेते ही तुरन्त चला गया...

रात का प्रोग्राम पहले ही तय हो चुका था!...माला को उसका इन्तज़ार है।

दो के घण्टे बजे...माला अधिक चैतन्य होकर लेटी रही। अब वक्त हो चुका है। किसी भी क्षण तम्बू के बाहर सीटी बजेगी। वैसी ही सीटी, जैसी दर्शक तमाशे के वक्त स्टेज पर नाचनेवाली को देखते हुए लगाते हैं। मुंह में दो अंगुलियां डालकर बजाई जाती है वह सीटी...जगन्नाथ भी बजाता है। खूब तेज़ स्वर होता है। कह दिया था कि जैसे ही एक सीटी बजे, तू तैयारी शुरू कर देना और दूसरी पर तम्बू से बाहर...दो पल बाद ही तेज़ सीटी की आवाज़ हुई।

फुर्ती से माला उठी। ट्रंक पिछवाड़े की ओर सरकाया—और तम्बू की लटकी हुई खाल के नीचे से खुद सरकने ही वाली थी कि चौंक गई। बाहर से भागदौड़ की आवाज़ें आने लगीं।

'चोर!...चोर!...'

सहमकर माला ने ट्रंक वापस भीतर खींच लिया। उसे यथावत् रखा और भयातुर कान बाहर लगा दिए। अब कई आवाज़ें आने लगी थीं। शायद सभी जाग गए थे—अण्णाजी, श्यामा, कावेरी, बिरज और कामगार छोकरे!...

कुछ गालियां, "स्साले!...हरामी!...चोर!...'

माला का दिल बैठने लगा। शायद जगन्नाथ को पकड़ लिया है उन्होंने। पिछवाड़े के अंधेरे में किसीने देख लिया होगा...टोकते ही वह भाग खड़ा हुआ होगा और अब!...क्या बाहर निकलकर देखे माला!...

बाहर से अब धौल-थप्पड़ों के स्वर आ रहे थे...इन स्वरों के साथ घुली गालियां...माला पर रहा नहीं गया। बाहर निकल आई। देखा कि सब लोगों ने घेरे में ले रखा है जगन्नाथ को। अण्णाजी और बिरज उसे पीट रहे थे...कमीज़ फट चुकी थी उसकी। होंठों के किनारों पर लहू की छोटी-छोटी धारें...एक कामगार लड़का पास ही लालटेन लिए खड़ा था।

कावेरी ने चीखकर कहा, 'कुत्ते! मैंने तुझे रोटी दी और तू मेरी सारी ज़िन्दगी की कमाई चोरी कर रहा था। बिरज!... इस पाजी को थाने में ले जा। जल्दी!' फिर वह पुड़िया खोलकर ज़ेवर देखने लगी—लाकिट...अंगूठियां बड़बड़ाई, 'विठोवा! तेरी बड़ी कृपा। मैं तो लुट जाती!...बरबाद हो जाती!'

बिरज ने इस बार कई घूंसे और लातें जगन्नाथ के मुंह और पीठ पर जमा दीं। वह धरती पर बिछ गया हांफता हुआ। माला ने देखा कि उसकी आंखें भयातुर उन सबकी ओर इस तरह देख रहीं थीं जैसे कसाईखाने में एक अधमरी गाय पड़ी हो!...

माला को लगा था कि वह कह देगा। अभी ही कह देगा कि इस सब में माला भी शामिल है। कावेरी की अपनी बेटी।

शोर सुनकर रत्ना भी आ खड़ी हुई। पलकों से नींद इस तरह उड़ी हुई है, जैसे सोई ही न थी। आश्चर्य से अधमरे पड़े हुए जगन्नाथ को देखा, फिर माला की ओर...पल-भर में अन्दाज़ लगाया। कुछ हुआ है। हो सकता है कि माला और

जगन्नाथ साथ-साथ पकड़े गए हों, यह भी हो सकता है कि वे भाग रहे हों और... तभी रत्ना ने देखा कि कावेरीबाई के हाथों में वही पुड़िया है जो माला ने शाम को जगन्नाथ को दी थी। हां, बिलकुल वही पुड़िया है। रत्ना को रंग याद है कागज़ का। पीला था। यह भी पीला कागज़ है।

'ले जाओ इसे! ... सीधे थाने ले जाओ! कमीना! नमकहराम! जिस थाली में खाया उसी में...'

और वह खामोश। सिर्फ माला की ओर देखे जा रहा है।

और माला धरती की ओर देखने लगी है। जी होता है, कह दे—'मैंने दी थी उसे पुड़िया! ...चोरी मैंने की है! ...मैं उसके साथ भागनेवाली थी...' पर कुछ भी नहीं कह पा रही है।

और वह भी कुछ नहीं कह रहा है। चुप पड़ा है। चुप पड़ा है। इस तरह जैसे चोरी उसीने की थी।

बिरज ने उसे गिरेबां से पकड़कर ऊपर उठा लिया था और वह इस तरह उठ आया जैसे एक कमीज़ हैंगर पर लटकी रहती है—ढीला शरीर, ढीला जगन्नाथ!...

बिरज और अण्णाजी उसकी दोनों बांहें पकड़कर थाने की ओर बढ़ गए। माला देखती रही थी—चुप! ...

और माला को देखती रही रत्ना। नीच!...कायर...रत्ना की इच्छा भी हुई थी कि चीख-चीखकर सबको सुना दे—इस सबमें अक्का का पाप है! ...अक्का ने उसके साथ भागने का प्रोग्राम बनाया था। यही थी, जिसने वह पुड़िया—किन्तु रत्ना कह नहीं सकी थी।

बिरज और अण्णाजी, जगन्नाथ को लेकर अंधेरे में गायब हो गए थे।

भीड़ छंटी। कुछ बड़बड़ाहटें, 'वह तो अच्छा हुआ कि बिरज संडास गया था। लौटते में उसने देख लिया कि यह रांगड़ा (गंवार) भागनेवाला है। माला के तम्बू तक तो आ ही चुका था, फिर निकलते में क्या देर लगती! ....'

और माला का जी धड़धड़ाने लगा। रत्ना उसके करीब खड़ी थी। उसे घूरती हुई जैसे धमकी दे रही हो—क्यों अक्का, बतला दूं सब? तू चोट्टी है!...तूने उसे फसवाया है!

सबकी तरह वे दोनों भी अपने तम्बू में आ लेटीं। नींद गायब। रत्ना के मन

में अब भी है कि जाकर सब कुछ सच-सच बता दे। कावेरी के मुंह पर थप्पड़-सा मारे कि चोर जगन्नाथ नहीं है, माला है!

'अक्का, पुड़िया तूने उसे दी थी।' रत्ना पर नहीं रहा गया। उसके स्वर में घृणा और आवेश था।

माला ने उसकी ओर भी प्रार्थना के भाव से देखा, जैसा कहा हो—भगवान के लिए चुप हो जाए!

'तू तो कहती थी कि तुझे उससे प्यार है। तूने उस समय क्यों नहीं कहा, जब वह पिट रहा था! तू धोखेबाज़ है! ...' रत्ना वोली। पहली बार इतना सख्त बोली। तय कर चुकी है कि हमेशा सख्त ही बोलेगी—नीच माला!...कितना भला था जगन्नाथ! उसीके लिए सब कुछ कर रहा था और माला ने उसे धोखा दिया। उसे पिटवाया...कितना लहू बह रहा था उसके मुंह से...

और माला चुप। रिक्त आंखों से बक्स की ओर देखे जा रही है। सोच-समझ सब गायब। बिलकुल पत्थर की शिला।

'तू नीच है, अक्का!...तू गन्दी है! तूने उसे धोखा दिया!' रत्ना बड़बड़ाई।

माला चुप है। सब स्वीकार रही है...जीवन-भर स्वीकारती रहेगी।

किन्तु जगन्नाथ ने थाने में कुछ भी नहीं स्वीकारा। अण्णाजी और बिरज लौटकर बता रहे थे कि कमाल का चोर है। उन्हींके सामने दरोगा और सिपाहियों ने बहुत पिटाई की, पर वह किसी बार कुछ नहीं बोला। बिलकुल अधमरा हो गया है, पर चुप! ... बार-बार सिर्फ यही कह देता है कि—मैं चोर हूं। मुझे सज़ा दो! मुझे मार डालो। बस।

जगन्नाथ ने कुछ भी नहीं कहा। वह माला से प्यार करता था और माला ने भी कुछ नहीं कहा।...वह भी जगन्नाथ से प्यार करती थी।...

माला ने खबरें सुनी थीं चुपचाप। रत्ना ने भी। और हर बार माला के प्रति उसकी घृणा तीव्रतर होती गई थी...भीतर गालियां उबलती थीं। यदि माला बड़ी बहिन न होती तो रत्ना उसके चेहरे पर थूकती!

तीसरे दिन ही एक और खबर आई। जगन्नाथ को साल-भर की सज़ा हो गई है। अदालत में पहली पेशी पर ही उसने स्वीकार लिया था कि वह चोर है और उसने चोरी की है।

सबसे पहले रत्ना को ही मिली थी खबर। माला बाहर नहीं निकली थी तम्बू

से। रत्ना ने भीतर आकर उसे यह खबर दी, फिर एक और लताड़, 'अक्का! ...तू नरक में जाएगी। तेरे कारण वह फंसा है। तेरे कारण सज़ा काटेगा!...तू डरपोक भी है, धोखेबाज़ भी!'

मुलताई। गुलाबबाई के संच के ठीक सामने कावेरीबाई के संच का भव्य पंडाल लगा। प्रोग्राम की पब्लिसिटी खूब हो चुकी थी। एक दिन पहले से ही टिकट बिक गए थे। हाउस फुल। एक दिन का नहीं, तीन दिन का हाउस फुल।...

गुलाबबाई के संच पर पहले ही दिन कौए उड़ गए। कावेरी ने माला के समूचे मेकअप पर एक तेज़ नज़र दौड़ाई थी और माला के पैरों में धुंघरू डाल दिए थे—'उतर जा संच में! देखती हूं, कैसे मेरी बात गई।...कहां जिएगी गुलाब की फुलझड़ी!'

माला—रत्ना की बड़ी बहिन-उतर गई थी तमाशे में। छूमछन...न...न...

पहले गीत पर ही पंडाल में 'हाय' उछल गई...जीयो कावेरीबाई।... माला हंसिनी!... ऊई रे!...हुईश्श...! दूधिया रोशनी और उसके बीच सचमुच हंसिनी-सी एक छोर से दूसरे छोर तक तिरती जाती माला...फूलगुंथी वेणी... अंगिया पर दो चमकते सितारे। खास तौर से इसी प्रोग्राम के लिए बनवाई गई थी यह अंगिया। स्तनों की जगह पर ज़री के कामवाले दो सितारे जड़े हुए थे। माला के शरीर पर टंकी अंगिया के ये सितारे रोशनी में बिजलियों की तरह कौंधते...

रसभरी लावणी—

'हाय! हाय!...मार दिया रे!...ओ चमकी!' एक आवाज़।

एक और गीत।...फिर गीत ही गीत...बीच में अण्णाजी और चिमन स्टेज पर आए थे। और शोर हो गया...

माला ने स्टेज पर साड़ी का एक छोर ऊंचे तक उठा दिया—गोरी-गोरी पिंडली एक कौंध की तरह दर्शकों की आंखों में जा चुभी और फिर एक झटके से उछाल लेकर उसने धुंघरू झनझना डाले। झनझनाहट के साथ ही वह एक पत्ते की तरह कांपी। इस कम्पन के साथ ही सीने के उभार हवा में तिरते-से दीखने लगे, जिन्हें नदी में बाढ़ पर छोड़ दिया गया हो!...

जो मैं होती राजा, बेला-चमेलिया,...

लिपट रहती राजा तोरे बंगले पर...

एक ओर स्टेज के किनारे खड़ी रत्ना गुमसुम देखती रहती। सबके मुंह पर माला का नाम...आंखें सिर्फ माला पर...! रत्ना भी किसी दिन ऐसे ही स्टेज पर उतरेगी और ये सारी आहें उसकी होंगी—सिर्फ उसकी!...

नहीं! रत्ना यह नहीं चाहती। चाहती तो माला भी इस सबसे बच सकती थी, पर उसने जगन्नाथ को खो दिया। काश! जगन्नाथ रत्ना को मिला होता। वह पकड़ा जाता और रत्ना खुल्लम-खुल्ला कहती कि 'हां, जगन्नाथ मेरा है। मैं उसके साथ भागना चाहती थी। मैंने चोरी की!... और देखती हूं, कौन रोकता है मुझे? मैं उसके साथ जाऊंगी। घर में रहूंगी। कांचघर में नहीं। पक्की ईंटों की दीवारोंवाले घर में!'

शो खत्म होते ही रत्ना माला को क्रोध से घूरने लगी थी—बेशर्म!...न जाने क्यों रत्ना को लगा कि माला का सीना उघड़ा हुआ है, जांघे नंगी हैं—पूरी नंगी है माला। और अपने-आपसे बेखबर। दूसरों को अन्धा समझती हुई। गुर्राकर बोली, 'स्टेज पर उतरते वक्त डर नहीं लगता तुझे!'

'वही तो पूछ रही हूं, तुझसे। कैसा डर! किस बात का डर!' माला मेकअप धो रही थी! तीखी भौंहों के किनारे...गालों पर गुलाबी रंग की चिकनी परतें...

'सारे पंडाल के लोग तुझे देखते हैं। तुझे देखकर करते हैं हुईश्श...हुईश्श... कैसा लगता है तुझे!'

'अच्छा लगता है। बहुत अच्छा!' माला ने धृष्टता से कहा।

कुढ़ गई रत्ना। बोली, 'अच्छा, समझ, उनमें से कोई तुझे रात को पकड़ ही ले...तू भीड़ में आंख मारती है न! ...आज मैं देख रही थी, तूने उस पीले कुरतेवाले को बहुत बार आंख मारी!'

माला खिलखिलाकर हंस पड़ी। बोली, 'पगली है तू! आंख मारने से अपना क्या जाता है! उस कुरतेवाले को देख रही थी न तू! जैसे-जैसे मैं आंख मारती थी, उसके दस-दस के नोट स्टेज पर आ जाते थे।'

रत्ना को लगा कि माला ने उसके चेहरे पर थूक दिया है। रत्ना ही मूर्ख और निर्लज्ज है जो माला से यह सब पूछ रही है। वह चुप हो गई थी। मेकअप धोकर

माला आराम से बिस्तर पर जा लेटी थी...बरसों पुराना एक चित्र रत्ना के सामने उभर आया था। उस दिन इसी तरह कावेरी भी बिस्तरे पर आ लेटी थी...दोनों पर जांघों के पास से 'वी' का निशान बनाते हुए। गनीमत है कि माला ने कावेरी की तरह अब तक पीना...

'रत्ना, गाना-बजाना आर्ट है। पहले मैं भी मूर्ख थी और तेरी ही तरह सोचती थी, पर वक्त सब समझा देता है। हमारा इसके सिवा कोई नहीं है कि हम हैं और यह नाचना है...पंडाल है। तमाशा है, संच है। माला बड़बड़ाने लगी थी।

माला कह रही थी, 'आर्ट, आर्ट है। उसमें यह नहीं देखा जाता कि सामनेवाले को क्या हो रहा है। अपुन को अपना काम करते जाना चाहिए। बस, वही अपना धर्म है।'

आर्ट! ...धर्म! ...माला गले तक समा चुकी है इस नरक में। उससे इस बारे में बात करना व्यर्थ है। रत्ना चुपचाप चली आई थी बाहर खुले मैदान में। चांदनी थी। रत्ना निरुद्देश्य ही एकांत को देखती रही। निश्चय कर लिया था उसने कि वह तमाशे में नहीं उतरेगी। ईश्वर न करे, उतरना भी पड़ा तो ऐसा नहीं करेगी, जैसा माला करती है।

रत्ना को कावेरी और माला के तरीके कतई नापसन्द थे। यह भी नापसन्द था कि शरीर को दही की तरह गैरज़रूरत मथा जाए, फालतू मुसकराया जाए, इशारे किए जाएं...गन्दे! आर्ट तो वह होता है कि देखनेवाले ठगे-से रह जाएं। कोई आवाज़ न हो। कोई हुईश्श-हिईश्श नहीं।

और रत्ना तो इस स्टेज पर उतरना ही नहीं चाहती। यदि लाचारी में कभी उतरना ही पड़ा तो वह यह सब कभी नहीं करेगी। उतरेगी और अपने ढंग से ही उतरेगी।

पर कितना बेबुनियाद सोचा था रत्ना ने!...कुछ दिनों बाद ही सारे सोच पुरानी—बहुत पुरानी हवेली की तरह अर्राकर धरती पर आ गिरे! सोचों के सारे महल, आंधी के एक झोंके से खंडहर बन गए! ...

और खंडहरों में बिखरी घटनाएं...टूटी, छितराई हुई...

उस दिन पहला मेकअप उतारकर माला ने दूसरा मेकअप किया था। बहुत हल्का, जैसे पूना के किसी बाज़ार में घूमने जा रही हो। होंठों पर हल्की-सी

लिपस्टिक, गालों के उठान तक धीमा-सा गुलाबी रंग मिला पाउडर...भंवों पर चढ़ाव और उनकी करीने से शेप...

शहर में थी संच पार्टी। हाउस फुल जा रहा था कि कार्पोरेशन के कमिश्नर ने म्याद-खत्मी का नोटिस दे दिया! ...रत्ना को मालूम हुआ था कि आज उसीको यहां बुलाया है कावेरी ने। रात का खाना खाएगा।

खाना तो कभी का खा चुका है...सुनते हैं कि कावेरी के कमरे में बैठा है। पार्टी शहर में आई थी। सब लोग होटल में ठहरे थे।

रत्ना हैरान! माला के पास खड़ी उसका मेकअप देख रही है। दूसरी बार यह मेकअप क्यों?...यह तो सोने का वक्त है।

वेणी दोबारा गंथी गई थी। पहला गजरा मुरझा गया था। कावेरीबाई ने दूसरा गजरा ला दिया। मुसकराते हुए माला ने गजरे की लट वेणी पर बिठाल दी। आंखों की कोरों पर काजल की पतली, चुभती हुई रेखा...

कावेरीबाई इस तरह आ-जा रही थी जैसे किसी समारोह की तैयारी कर रही हो। गजरा देकर वह जा चुकी थी।

'कहां जा रही है, अक्का!' रत्ना ने पूछा।

'कैसी लगती हूं!' वह बोली।

'अच्छी।...पर जा कहां रही है!'

'जरा लांग तो देख पीछे, ठीक है न!' माला मुड़ी और आदमकद शीशे को लांग का पिछवाड़ा देकर खड़ी हो गई। गरदन अकड़ाकर शीशे में लांग का कसाव देखा। रत्ना भी देख चुकी है। कहा, 'ठीक है। पर...'

'ज़रा पीछे की गांठ तो देख! ...' माला उसकी ओर पीठ फिराकर खड़ी हो गई।

रत्ना को उसका व्यवहार विचित्र लगा। पर क्या किया जा सकता है। उसने अंगिया की गांठ देखी—ठीक तरह लगी थी। कहा, 'ठीक है।'

'अच्छा।' माला फिर से शीशे के सामने बैठकर चेहरा देखने लगी। अपने-आपपर मुग्ध होती हुई।

'किधर का प्रोग्राम है?' रत्ना ने पूछा।

'एक प्रोग्राम है।' माला ने उत्तर दिया।

'फिर भी मालूम तो हो।'

'अभी मालूम हो जाएगा।' माला बोली।

रत्ना चुप। ठीक तरह उत्तर ही नहीं दे रही है। बड़े नखरे हैं माला के। रत्ना ने बात करना ठीक नहीं समझा। जानेवाली थी कि कावेरीबाई भीतर आ गई। निढाल सौन्दर्य का कठोर चेहरा। बहुत जल्दी में थी शायद, 'तुझे तैयार होने में कितनी देर है?'

'कुछ भी तो नहीं।'

'तो चल।'

कावेरीबाई चली। पीछे-पीछे माला। रत्ना उनके साथ हो ली। किधर जा रही हैं ये?

बाहर आकर कावेरीबाई ने बगलवाले कमरे की ओर इशारा कर दिया। माला भीतर चली गई। रत्ना ने कुछ नहीं पूछा। किसीसे नहीं पूछना है। कुछ है और बहुत गलत है—उसने समझ लिया था।

कमरे में आ लेटी। देर तक नींद नहीं आ सकी थी उसे। कावेरीबाई सारंगीवाला, पेटीवाला, तबलावाला, अण्णाजी, चिमनराव...सब सोच चुके थे। रोशनी नहीं थी...रोशन था सिर्फ वह कमरा, जिसमें माला समा गई थी। कमरा, जिसमें कमिश्नर को खाना दिया गया था...कमरा, जो ईट-पत्थरों का होते हुए भी रत्ना को लग रहा था कि कांच का है।

सन्नाटा कपड़े के एक लम्बे थान की तरह बिछा हुआ था... इसके बावजूद रत्ना को लगा कि एक शोर उसके आसपास घिरा हुआ है। स्टेज पर माला की जगह स्वयं वह खड़ी हुई है। आवाज़ें और फब्तियां हाथ बनकर उठती हैं और उसके कपड़े नोचने लगती हैं...साड़ी...ब्लाउज़...सब चिथड़े-चिथड़े होकर बिखर गए हैं। स्टेज पांच-पांच और दस-दस के नोटों से भरा हुआ हैं...उड़ते हुए नोट रत्ना के जिस्म पर चिपकने लगते हैं...

ऐसा आर्ट नहीं चाहिए। रत्ना नहीं करेगी यह सब। एक मेकअप के बाददूसरा...एक तमाशे के बाद दूसरा...कभी नहीं।

सुबह उसीसे कहा गया था कि माला को जगा लाए। पास के कमरे से।

तो क्या माला रात-भर उस कमरे से नहीं लौटी? इसका मतलब तो यही है। वह सोचने लगी थी।

माला के कमरे में पहुंची। जो देखा, उसे पचाना कठिन था। माला नीचे पड़ी थी—फर्श पर। अंगिया पलंग पर। तकिये पर लिपस्टिक पुंछा हुआ। हल्का मेकअप अब माला के चेहरे पर एक थप्पड़ की तरह लग रहा था। चेहरा सुंता हुआ। जब रत्ना ने उसे झकझोरकर जगाया, तब भी उसके मुंह से बदबू आ रही थी...दारू की बदबू! ... इसका मतलब है कि माला ने रात को दारू भी पी थी। नथुने सिकोड़ते हुए रत्ना ने सोचा, फिर दारू की गवाही देती हुई खाली बोतल देखी—कोई महंगी दारू रही होगी उसमें अंगरेज़ी!

माला जागती ही न थी। हर बार करवट बदल जाती। रत्ना ने झुंझलाकर एक ज़ोरदार धक्का दे दिया था उसे, 'उठ!...'

'क्या है?' वह जागी।

रत्ना को उसका चेहरा एक भूतनी-सी लगा। कहानियों की भूतनी। रात की सारी कहानी माला के चेहरे पर काली स्याही से पुती लग रही है। रत्ना ने उसे घेरना घृणा से देखा। यही है माला... क्या सच में यही है?...

माला उठी थी। लड़खड़ाती हुई। पलकें भींचती। उसने अंगिया पहनी थी, फिर ब्लाउज़ इस तरह ऊपर से डाल लिया था जैसे कै पर राख डाली हो।...हां, कुछ ऐसा ही महसूस किया था रत्ना ने। वह चुपचाप उसे देखती रही थी।

'क्या देख रही है?' उसने पूछा।

'देख रही हूं कि तू और कितनी नीचे तक जाएगी?'

'कितनी नीचे गई हूं?' उसने पूछा।

'पाताल तक।' रत्ना ने गुर्राकर कहा।

'पाताल देखा है किसीने?' माला हंसी।

'देखा नहीं है, पर देख रही हूं।'

माला और ज़ोर से हंसने लगी। बोली, 'ठीक है। मैं तेरा आकाश देखूंगी। है न?'

रत्ना ने उत्तर नहीं दिया।

माला अचानक गंभीर हो गई थी। चेहरा और पिटा हुआ लगने लगा था, 'पातालवालों को सिर्फ पाताल देखना चाहिए। आकाश देखने लायक न तो उनकी आंखें होती हैं, न उनका भाग्य। समझी?'

रत्ना विस्मय से उसका चेहरा देखती रह गई। बेशर्म माला की आवाज़ में

इतनी पीड़ा कहां से आई,जो उसके शब्दों से लिपटी हुई है।

माला के स्वर में सचमुच पीड़ा थी। जैसे रात को किसी दूर, अंधेरे, अनजान रास्ते पर मीलों चलती रही हो और हांफती रही हो। बोली थी, 'रत्ना, शुरू में सब तेरी ही तरह सोचते हैं। सबकी नज़रें आकाश छूना चाहती हैं। सब तारे पकड़ लेना चाहते हैं मुट्ठी में, पर धूलवाले हाथों की क्या मजाल कि तारे पकड़ सकें!'

रत्ना चुप ही रही। हथेलियों में सुरसुरी अनुभव की उसने। शायद धूल लिपटी हुई है उनमें। रत्ना नहीं जानती, पर माला जानती है।

'धीरे-धीरे तू भी सब समझ जाएगी!...आकाश, पाताल, धरती... सब!' माला के शब्द बहुत नम हो गए थे। वह उठी और बाथरूम में चली गई।

और रत्ना चुपचाप खड़ी रही। रिक्त दृष्टि से कभी-कभी दारू की महंगी बोतल की ओर देखती रही। खाली बोतल! ... सुंती हुई। माला जैसी। तकिए पर लिपस्टिक के धब्बे...चादरे पर सिकुड़नें। लगता है, आकाश-पाताल, धूल और रोशनी...सब गडमड होने लगे हैं।

और फिर आया पहचान का दिन। आकाश, पाताल और धरती में भेद कर पाने का दिन। कावेरी ने रत्ना को बुलाया। बिठाया। कहा, 'कल से तेरा रियाज़ शुरू होगा।'

'कैसा रियाज़?'

'अरे पगली, हुनरमन्दी का रियाज़। अब क्या यों ही बहकती-घूमती रहेगी। बहुत घूम ली है। बचपन गया।'

रत्ना समझ गई। माला का सम्वाद कानों में एक गूंज की तरह घूम गया— 'धीरे-धीरे तू भी सब समझ जाएगी। आकाश, पाताल, धरती—सब...'

'कल उस्तादजी आएंगे। रोज़ सुबह-सवेरे तेरा रियाज़ चला करेगा। माला, मैं, अण्णा सब बैठेंगे! तुझपर सबने आशा लगा रखी है, मेरी बच्ची!' कावेरी ने उसे गोद में भर लिया था। यह अचानक उमड़ा प्यार रत्ना को अनहोना-सा लगा। पर बोली नहीं कुछ। निश्चय कर चुकी है कि बोलेगी ज़रूर, पर उसी समय बोलेगी जब बोलने की ज़रूरत होगी।

मगर हर बार यही सोचती रह गई थी वह। किसी बार भी नहीं बोल सकी थी। कावेरी, माला, अण्णाजी सब उसे अपनी-अपनी तरह मोड़ते रहे थे और रत्ना मुड़ती गई। सारा विद्रोह गले में ही अटका रह जाता था। क्या वह भी माला की ही तरह चुपचाप समर्पण कर बैठेगी?

नहीं!

तब विरोध क्यों नहीं करती है रत्ना?...क्यों नहीं माला और कावेरी को फटकार देती है कि इस तरह नहीं होगा। उसी तरह होगा जिस तरह रत्ना चाहेगी! ... उतना ही जितना रत्ना करेगी!...तुम्हारे चाहे पिण्डली खुले, नज़र दबे, सीना उछले... यह सब कभी नहीं होगा। चूंकि रत्ना नहीं चाहती!

पर किसी बार उसने नहीं कहा।

भीतर से कोई उत्तर फेंक देता—'वह अकेली है। रत्ना अकेली है। उसके पास कोई जगन्नाथ नहीं। जगन्नाथ जैसा नहीं...'

पहले ही दिन कावेरी और माला ने सलाह दी, 'तुझे अपना बदन कुछ और तोड़ना चाहिए।'

'किस तरह?'

'इस तरह!' माला ने कमर हिलाकर बताई। इस बेहयाई में रत्ना ने अपने लिए उपहास का भाव ही अनुभव किया, लेकिन वह देखती ही रह गई। इससे इन्कार नहीं किया जा सकता था कि माला की कमर में बला का लोच था : पंजों से गरदन तक मानो एक डोर आवारगी के साथ हवा में झूल रही हो! ...

'मुझसे नहीं जमता।'

'जमेगा कैसे नहीं? कोशिश कर, सब जम जाएगा।'

रत्ना ने दूसरे दिन कोशिश की। तीसरे और चौथे दिन भी... फिर सब जम गया। कमर, अंगुली, सीना, मुसकराहटें और पलकें—सब। और शायद माला से पचास गुना ज़्यादा। कावेरीबाई के संच पर टिकट बढ़ गया। एक का डेढ़, ढाई का तीन, पांच का दस!

जमा सब कुछ, पर रत्ना उखड़ गई! उसे ऐसी ज़िन्दगी नहीं चाहिए थी। वह थिरकते कदमों व मुसकराहटों के बीच पंडाल में कुछ ढूंढ़ने लगी—है कोई, जो उसे अपने घर में ले जाए?... 'यह हुईश्श-हुईश्श, यह सराहना, वाहवाही,

छींटे—कुछ नहीं चाहिए था। चाहिए था एक आदेशपूर्ण स्वर—

कोई एक चेहरा!...

कोई एक जगन्नाथ!

देखनेवालों को देखते-देखते थकने लगी वह। कोई नहीं आया। बहुत दिन तक कोई नहीं आया। शायद कोई आएगा भी नहीं... कौन गिरेगा पाताल में? 'तमाशा' में मुसकराहटें बेचनेवाली के पास क्यों आएगा कोई भलामानस? लोगों के लिए नाचते-नाचते थक जाती है वह...अपने लिए कुछ खोजते-खोजते उससे भी कई गुना ज़्यादा...

टूटने लगी रत्ना। मुरझाने-सी लगी। तब एक दिन माला ने उसे कुरेदा था, 'किस बात की फिक्र करती है तू!'

'कुछ नहीं।'

'कुछ तो?'

'कुछ खास नहीं।' एक गहरी सांस ली थी रत्ना ने।

'जो खास नहीं है, वह क्या है। मुझे बता।' माला का सवाल।

'इस संच में काम करना मुझसे नहीं जम रहा है।'

'संच में काम करना नहीं जम रहा है!' माला हंस पड़ी, 'तो क्या तू भी मेरी ही तरह पगली हुई है! लगन करेगी!.... ऐं!....'

रत्ना जवाब न दे सकी।

'तुझे दड़बा चाहिए! संच की हंसिनी को मौत चाहिए।'

रत्ना चुप। माला शादी को दड़बा समझने लगी है! .... समझती रहे! रत्ना को तो इस संच में वेश्यापन ही नज़र आता है।

'ज़रूर तू शादी ही करना चाहती है।...क्यों? पर वेड़ी है तू! बिलकुल पग्गल! तमाशे की औरत घर की औरत नहीं होती है। होती तो अब तक कावेरी भी किसी घर में होती—हमारी आई! ज़रा अक्कल से काम लिया कर।' माला ने उसे डपटा।

'औरत-औरत सब एक बरोब्बर!' रत्ना ने उत्तर दिया।

'नहीं। घर की औरत अलग, तमाशे की अलग! पीने का पानी और नहाने का पानी एक बरोब्बर होता है क्या! नहाने का पानी सिर्फ नहाने की खातिर होता है। आधी बाल्टी से यह आदमी नहाएगा, आधी से वह। आखिर में खलास हो

जाएगा। तमाशे वाली औरत की ज़िन्दगी यही होती है।' कहते-कहते माला की आवाज़ कांप गई। पल-दो पल वह चुप रही फिर अचानक पगली की तरह ठठाकर हंस पड़ी, 'यह बेवकूफी का ख्याल छोड़ दे!'

लगा था कि ठीक ही कहती है माला, पर रत्ना अपने कल्पना-महल से बाहर न आ सकी। शायद इसलिए न आ सकी कि आना नहीं चाहती थी। झन्न्न् ...मुसकराहटें ...धुंघरू...झपकती पलकें...

और इस सबके बीच खोज...इतने-इतने चेहरे नहीं... चाहिए!...बस एक, कोई एक...

माला ने खबर कावेरी तक पहुंचा दी थी, 'रत्ना कहती है कि लगन करेगी। घर-गिरस्ती वालों की तरह लग्न करेगी!...शादी! वह संच वाली ज़िन्दगी उसे जमती नहीं है। कहती है कि बिलकुल नहीं जमती।'

कावेरी ने ठोढ़ी पर हथेली रख ली—गहन सोच।

माला उसका चेहरा देख रही थी। बता देना ज़रूरी था। लगता था कि बिलकुल उसीकी तरह पागल बन रही है रत्ना—किसी दिन व्यर्थ ही सोने-सा जिस्म किसी छलावे को सौंप देगी। अपने-आप पैदा किए गए छलावे को। ठीक उसी तरह जिस तरह माला ने जगन्नाथ को सौंपा था।

पर जगन्नाथ से प्यार करती थी माला, वह भी करता था।

अपने-आपपर हंसती है माला। प्यार?...पाताल के लोग और आकाश का छल!...इसी छल में तन मुफ्त बांट दिया था माला ने जगन्नाथ को। मूर्ख थी माला।...इसके दाम वसूलने चाहिए। वसूल रही है।...

और अब वैसा ही कोई छल अपने गिर्द बन रही है रत्ना। बच्ची! किसी दिन किसीको यों ही बिना कीमत...माला नहीं चाहती है यह। इसीलिए कावेरी तक खबर पहुंचा दी है।

'...तो रत्ना लग्न करेगी। क्यों?'

'हां।' माला मुसकराई। उपेक्षा से।

'लगन हर औरत का होना चाहिए। हर औरत करती है।' कावेरीबाई की झुर्रियां गहरा गई थीं, 'तेरा भी होना चाहिए, रत्ना का भी होना चाहिए। इसमें मुझे क्या विरोध हो सकता है?'

'पर...' माला ने आश्चर्य से उसका चेहरा देखा। यह क्या कह रही है कावेरी!

'हां, सबका लग्न होना चाहिए।' वह पुनः बोली।

'पर रत्ना अलग किस्म का लगन चाहती है। संच वाला नहीं।'

'फिर कैसा?'

'उसे अच्छी औरत की तरह लग्न चाहिए। किसीका घर बसाने का लग्न। इस तरह देश-देश घूमने वाला संच का लग्न वह नहीं चाहती। यह डान्स-वान्स भी बन्द!'

'आई-गू...।' कावेरीबाई चौंककर हंसी, 'संच की औरत होकर इस माफिक सोचती है रत्ना? पगली! लग्न हमने भी किया था। पर हम दड़बे में बन्द नहीं हुए। अपना पेशा किया। यह संच चलाकर तुम लोगों को पाला। आदमी को लेकर घर में बन्द हो जाने का लग्न अलग होता है, संच के साथ आदमी को रखने का लग्न अलग। रत्ना ज़रूर लग्न करेगी, पर संच वाला!'

'पर वह...' माला का स्वर शिकायत का भी नहीं है, सिफारिश का भी नहीं, पर जाने क्या समझी थी कावेरी...

'पर-वर कुछ नहीं!' उसने माला को डांट दिया था।

महीने-दर-महीने। साल होने लगा। रत्ना ऊहापोह में संच की ज़िन्दगी जिए जा रही थी...विश्वास नहीं होता था माला के दर्शन पर कि नहाने का पानी अलग, पीने का पानी अलग—पानी दोनों, पर कितने अलग!

ऐसा नहीं है। रत्ना सोचती। पानी-पानी एक जैसे। औरत-औरत एक जैसी।

कोई एक जगन्नाथ! ...रत्ना की नज़रें अब भी ढूंढ़ रही थीं कि तभी मुकुन्दराव पहली बार तमाशा देखने आया—मुलताई में। कुछ दिनों के लिए किसी काम से आया था वह। कावेरीबाई की पार्टी की दूर-दूर तक तारीफ सुन रखी थी। पहुंच गया देखने। पहले दिन, दूसरे दिन और तीसरे दिन भी। इतने दिन कोई लगातार पहुंचे और अगली कतार के टिकट पर बैठे तो तमाशे वाली औरत को उसे पहचान लेना पड़ता है। मुकुन्दराव पांच-पांच के नोट भी तो फेंकता था! दो दिन में ही पहचान लिया गया।

चौथे दिन रत्ना ने स्टेज पर कदम रखते ही देखा कि मुकुन्दराव ठीक सामने बैठा हुआ है। सफेद झकाझक खादी की धोती, कुरता, टोपी—जैसे कोई बड़ा नेता! वह मुसकराया। रत्ना भी मुसकरा दी। अभी फेंकेगा

पांच-पांच के नोट! सारे पंडाल में एक वही तो चमक रहा था। रोज़ वह धुले कपड़े पहनता था, दाढ़ी बनवाता और जब तक रत्ना स्टेज पर रहती उसे एकटक देखता रहता...

जब रत्ना का नाम लेकर नीलकंठ सारंगी वाले ने कावेरीबाई के हाथ में पांच-पांच के तीन नोट थमाए तो कावेरीबाई ने रत्ना को चेतावनी दी, 'तू उसका खास खयाल रखा कर!'

'किसका?' धुंघरू खोलती हुई रत्ना ने सब कुछ जानते हुए भी पूछा।

'उसी पांचवाले का।'

'कौन?'

'वही, सफेद टोपी वाला।'

'बहुत-से लोग सफेद टोपी लगाते हैं, आई!' रत्ना ने धुंघरू खोलकर नीलकंठ की ओर फेंक दिए। नीलकंठ ने उछलकर उन्हें झेल लिया। बोला, 'उसका नाम मुकुन्दराव है।...यहां से पांच मील दुर एक खेड़े (गांव) का पटेल है। मोटा मुर्गा है, रत्नाबाई! उसे सम्हाला करो।'

'हां सम्हालना चाहिए।' कावेरीबाई ने समझाते हुए कहा, 'कल से उसका खास खयाल रखा करो। खास तरह देखा करो।'

'कैसे?' रत्ना ने मुसकराकर पूछा, हालांकि वह जानती थी, 'सम्हालने' का अर्थ क्या है और 'खास तरह' कैसे देखा जा सकता है।

'ज़्यादा बना मत रत्ना!' झुंझलाकर कावेरीबाई चली गई थी। नोट अंटी में समोती हुई।

और मुकुन्दराव को सम्हालने लगी रत्ना। उस तरह नहीं जिस तरह कावेरीबाई चाहती थी, बल्कि उसने मुकुन्द को अपने ढंग से सम्हाला। स्टेज पर उतरते ही वह लगातार मुकुन्दराव को देखे गई। पंडाल में उछलती आहों, फब्तियों और इशारों की परवाह किए बगैर।

फटा टोप लगाए कामेडियन चिमन ने चुटकुला पैदा करने की गरज से सीने पर हाथ ठोंककर उसके सामने लोटते हुए कहा, 'रत्ना रानी! तेरी खातिर हम सब घर-द्वार छोड़कर आया। सात घर वाली और नौ बच्चा लोक छोड़ा। तीन खेत, दो भाई छोड़ा। एक घर और दो बाप...नहीं-नहीं मिस्टेक हो गया (माथा ठोंककर) एक बाप और दो घर छोड़ा...'

'पर चाहिए क्या तुझे?' रत्ना ने इठलाकर पूछा।

'कुछ नहीं। बस, तुझसे लग्न करने का जी होता है।'

'अरे, परे हट्! मुझसे लग्न करेगा? पहले बदन सम्हाल अपना! कैसा लकड़ी के माफिक लगता है।...हम लग्न करेगा, पर किसी मर्द पट्ठे से करेगा।'

खी...खी...ही-ई-ई...! चिमन झेंपता हुआ हंसता है।

पंडाल में सीटियां बरसने लगी हैं। क्या ऊंचा मज़ाक! बदन कैसा! लकड़ी के माफिक। वाह-वाह! जीयो-जीयो रत्नाबाई, तुम्हें हमारी ज़िन्दगी लग जाए। ...खूब चोट मारी है साले को! और रत्ना, बिजली की कौंध!...सिहरती हुई हवा में लिपटी हुई है।

'मुझे एक मर्द पसन्द आया है!'

'कौन?'

'वह...वह...' रत्ना ने दर्शकों में बैठे मुकुन्दराव की ओर इशारा कर दिया।

'कौन?...वह फेंटेवाला?'

'नहीं, नहीं।'

'फिर कौन, वह चश्मेवाला?'

'नहीं, नहीं।'

'फिर कौन, वह टोपीवाला?'

'नहीं, नहीं!'

फिर कौन?' दर्शकों की ओर मुंह लटकाए हुए चिमन ने माथा ठोंककर पूछा।

'वो-ओ-ओ...मुकुन्दराव पटेल!' रत्ना ने एक चीख दी और नाम पूरा करते-करते लजा गई। सारे पंडाल में फिर से हंगामा बरपा हो गया। कई टोपियां उछलकर इधर-उधर जा गिरीं। मुकुन्दराव तो जैसे मोम बनकर बह गया स्टेज के किनारे किनारे... वाहवाहियों के बीच रत्ना स्टेज के एक सिरे से दूसरे सिरे तक थिरकती चली गई...छूम...छन्न्न्...

पंडाल में सीने पिट रहे थे...

'हम न हुए मुकुन्दराव!...

'भाई, मज़े मुकुन्दराव के?'

'मज़े ही मज़े!...रत्ना हंसिनी मर गई है उसपर!'

'और रत्ना स्टेज पर तिर रही है। सचमुच हंसिनी। स्टेज के किनारे खड़ी

कावेरीबाई विठोवा के नाम स्तुति के दो बोल बोलती है—'सब तेरा किया! सब तेरी कृपा है! मेरी निभी जा रही है।'

सब अपनी-अपनी टोपियां, फेंटे, चश्मे सम्हाल रहे हैं। किसे बुला रही है रत्ना हंसिनी?...मोतियों की झालर!...एक मस्तानी, हज़ार बाजीराव!...

नागपाश!...सारे पंडाल में घूमता नागपाश! मुकुन्दराव जकड़ता ही जा रहा है।

और जकड़े जा रही है रत्ना। फिर पूरी तरह जकड़ गया था वह। तमाशा खत्म होते ही आ गया। कावेरीबाई और माला उसे रत्ना के पास छोड़ गई थीं। अब चकना नहीं है! पटेल है...सरकार का बड़ा नेता! ... जमा ले उसे! कावेरीवाई ने जाते समय दाईं आंख की पलक दबाकर रत्ना से सब कुछ कह दिया था।

'बैठो।' रत्ना ने उसे अपने नज़दीक ही चारपाई पर बैठने के लिए जगह दी, लेकिन वह संकोच में था। बैठ तो गया, पर रत्ना को दबी नज़र से देखता रहा। बड़ी देर बाद हिम्मत सहेजकर कहा था उसने, 'बहुत अच्छा डान्स किया।'

रत्ना मुसकरा दी।

मुकुन्दराव तरह-तरह से तारीफ करता रहा और रत्ना सिर्फ मुसकराती रही। 'जमाना' है उसे। वह 'जम' रहा था। थोड़ी देर बाद वह चला गया।

कावेरीबाई ने पूछा, 'कैसा रहा?'

'ठीक है। जम जाएगा।'

'शाबाश! ...' कावेरी खुश हुई, 'उसे कल भी आने दे। पल्ले रोज़ भी... क्या समझी? जल्दी में कोई बात नहीं बनती है। आदमी जमे, तो दस-बीस बरस के लिए जमना चाहिए--ऐसे टेम्परेरी नहीं।'

रत्ना ने जवाब नहीं दिया। कावेरीबाई चली गई थी और रत्ना सोचने लगी थी—अगर दस-बीस बरस के लिए आदमी 'जमाया' जा सकता है तो ज़िन्दगी-भर के लिए क्यों नहीं 'जमाया' जा सकता?

कोई एक जगन्नाथ...

हो सकता है कि वह मुकुन्दराव ही हो...

सारी पार्टी में बौखलाहट फैली हुई थी। रत्ना तम्बू से बाहर आई तो सबसे

पहले बिरज ने बताया, 'तुम्हें कुछ मालूम है रत्नाबाई?'

'क्या?'

'जगन्नाथ जेल से छूट आया है।...रात को माला से मिलने भी आया था।'

'अच्छा!' रत्नाने आश्चर्य व्यक्त किया। सोचकर हैरान थी कि माला से धोखा खाने के बावजूद जगन्नाथ उससे मिलने आ पहुंचा। इसका मतलब तो यह हुआ कि पल्ले दरजे का मूर्ख है।

'हां, वह मिलने आया था और रात-भर से माला के पास ही है।' बिरज ने बताया।

'रात-भर से माला के पास है? यह क्या कह रहे हो?'

'ठीक कह रहा हूं रत्नाबाई!' बिरज भौंडे ढंग से हंसा। बोला, 'विश्वास न हो तो अपनी आंखों से माला के तम्बू में जाकर देख लो। ठाट से लेटा हुआ है पट्ठा!...

'अच्छा?' रत्ना विस्मयपूर्वक माला के तम्बू की ओर बढ़ी। पास ही है। देखा कि दो-चार लोग द्वार पर जमा हैं।

'और सुनो, तुम्हें एक बात और बताऊं।'

रत्ना रुक गई। वह बात भी सुन ले।

बिरज ने बताया, 'तुम्हें यह मालूम नहीं है शायद कि चोरी जगन्नाथ ने नहीं, अपनी माला ने की थी...।'

'तुझे कैसे मालूम हुआ?'

बिरज हंसा, 'खुद माला ने बताया।'

'कब?'

'अभी।...सवेरे? ...जब कावेरीबाई ने माला से कहा कि तूने जगन्नाथ को क्यों ठहराया है, तो वह बोली कि जगन्नाथ से प्यार करती है वह।...वह उसीके साथ जिएगी, उसीके साथ मरेगी। इस पर कावेरी बहुत चिल्लाचोट मचाने लगी। मालाबाई ने उसे डांट दिया। कहा कि वह कायदा-कानून सब जानती है। उसकी मरज़ी के खिलाफ कावेरी उसे संच में नहीं नचा सकती।' बिरज हंसा, 'भई,मैं तो मान गया माला को! बड़े कलेजेवाली औरत है। कावेरी बड़ी शेरनी बनी फिरती थी, अब माला के सामने दुबकी खड़ी है—खजैली कुतिया की तरह।'

'क्या बकता है?' रत्ना चिल्ला पड़ी।

बिरज भी बुलन्द हो गया, 'ठीक कहता हूं। अब इस संच का बेड़ा पार

हुआ समझो? इसमें लैलाएं पैदा हो रही हैं। मझनूं आ-जा रहे हैं।' वह ज़ोर से हंसा।

रत्ना ने परवाह नहीं की। जल्दी-जल्दी माला के तम्बू की ओर बढ़ गई।

ठीक कहा था बिरज ने। कावेरीबाई एक ओर खड़ी थी—चुप! पत्थर-सी ठहरी हुई पुतलियां ज़गन्नाथ और माला पर। दोनों चारपाई पर बैठे हैं—जोड़े से। रत्ना को अचरज हुआ कि माला में यह बुलन्दी कहां से पैदा हो गई है?

रत्ना का स्वागत किया था जगन्नाथ ने। दोनों हाथ जोड़े। बोला, 'राम-राम रत्ना!...आओ, बैठो।'

रत्ना ने भी मुस्कराकर उत्तर दिया। दिल में एक उलझन है—कमाल की हिम्मत कर रहा है जगन्नाथ! बिलकुल इस तरह कह रहा है, जैसे उसका अपना घर हो और रत्ना मेहमान।

कावेरीबाई सह नहीं सकी। माला से पूछा, 'तो तूने सोच लिया है न कि इसका क्या नतीजा निकलेगा?'

'हां, सोच लिया है आई।' माला का संयत स्वर।

'ठीक है!' वह पैर पटकती हुई चली गई थी। उसके पीछे-पीछे अण्णाजी, चिमन, नीलकंठ...सब।

रत्ना ने आश्चर्य से एक बार पुनः जगन्नाथ और माला को देखा।

'देखती क्या है, माला बोली, 'तू कहती थी न कि मैंने गलती की थी, वही सुधार रही हूं।

रत्ना निरुत्तर।

माला हंसी, 'अब भी भरोसा नहीं हो रहा है क्या?'

रत्ना चुप।

'अच्छा, बैठ।' माला ने उसके लिए जगह बना दी। रत्ना बैठ गई। थोड़ी देर कुछ सोचती रही, जैसे, क्या पूछा जाए—यह ढूंढ़ रही हो, फिर बोली, 'यह सब हुआ कैसे? कुछ बता ना अक्का।'

माला धरती पर बैठ गई—उकड़ू। कहा, 'मैं तेरे पास से लौटी तो देखा कि यहां यह बैठा हुआ था। मैंने इससे अपने किए की माफी मांगी...' माला ने एक नशीली झेंप के साथ जगन्नाथ की ओर देखा। वह मुसकरा रहा था। चेहरे पर कोई शिकन-शिकायत नहीं। रत्ना को और अधिक आश्चर्य हुआ। माला ने आगे कहा,

'इसने मुझे माफ कर दिया है। यह तो रात को ही वापस जाने के लिए कह रहा था, पर मैंने कहा, नहीं! अब हम-तुम साथ-साथ रहेंगे। इसने पूछा कैसे? मैंने कहा, सवेरे बताऊंगी...और फिर तू देख ही रही है।'

जगन्नाथ बोला, 'पर तूने यह ठीक नहीं किया माला! मेरे लिए अपनी मां से झगड़ा...वह तुझे बहुत प्यार करती है। तेरी मां है।'

'ठीक है। हर मां अपने बच्चों को प्यार करती है। वह करती है, इसमें क्या नई बात है?' माला ने सख्त-सा उत्तर दिया और जगन्नाथ चुप हो गया।

'तो अब तू संच छोड़ देगी अक्का?' रत्ना ने पूछा।

'संच क्यों छोड़ूंगी?'

'फिर लग्न...?' रत्ना आश्चर्यचकित हुई।

'लग्न के लिए तुझसे किसने कहा है?' उसने पूछा।

'पर यह तेरे साथ रहेगा न...फिर...'

'क्यों, कोई किसीके साथ वैसे ही रह नहीं सकता क्या?' वह हंसी, 'साथ रहने के लिए या प्यार करने के लिए लग्न ही क्या ज़रूरी है?'

रत्ना ने विस्मय से आंखें फैलाकर उसे देखा—पागल तो नहीं हो गई है माला?

माला कह रही थी, 'जो लोग लग्न कर लेते हैं और प्यार नहीं करते, वे सही होते हैं और हम गलत माने जाएंगे, क्यों?'

रत्ना की समझ में नहीं आ रहा है कि उससे क्या कहे, चुप रह गई।

माला उठी। जगन्नाथ से बोली, 'चल, कुछ काम की चीज़ें ले आएं। अब मेरे पास पैसे भी रहते हैं। अंगूठियां भी हैं, लाकिट भी है। और सब मेरा है...।'

और रत्ना देखती रह गई। वे दोनों बाहर चले गए।

रत्ना के लिए माला हमेशा ही ऐसी गुत्थी रही है, जिसे वह कभी नहीं सुलझा सकी। न जाने कितनी गांठें हैं माला के व्यक्तित्व में? और हर गांठ के न जाने कितने भेद हैं। कभी उसपर क्रोध आता है, कभी तरस, कभी आश्चर्य होता है, कभी घृणा।...

रत्ना देर तक तम्बू में पड़ी-पड़ी सोचती रही थी। एक वह भी माला ही थी जिसने निरपराध जगन्नाथ को पिटने दिया था, सज़ा तक हो जाने दी थी और

वह भी माला ही थी, जिसने कावेरी से खुल्लमखुल्ला विरोध कर जगन्नाथ को अपने साथ रख लिया और यह भी माला ही है जो तर्क करती है कि लग्न के बिना किसीके साथ रहना नहीं हो सकता है क्या?...अजीब!

एक दिन खबर मिली कि माला सुबह-सवेरे से ही कहीं चली गई है। कहां?...क्या भाग गई?...जगन्नाथ कहां है? पर उसे भागने की क्या ज़रूरत थी...कावेरी उससे डरने लगी थी। दब गई थी उससे फिर भी?...

सवाल दोपहर तक सवाल ही बना रहा। जगन्नाथ भी नहीं था। समझा गया कि वह और माला दोनों कहीं चले गए हैं। कावेरी और अण्णाजी ने माला के तम्बु में घुसकर उसका सारा सामान खखोल डाला। ज़ेवर, नकद ज्यों का त्यों था, सिर्फ जगन्नाथ और माला के कपड़े गायब!

कुछ ने राय दी कि आसपास घूमने चले गए होंगे।

कावेरी बौखलाई, 'कहकर भी तो जा सकते थे?'

सबने उसका समर्थन किया। कावेरी को चिन्ता थी शाम के शो की। पर एक सहारा भी था—रत्ना है, संभाल ही लेगी। और रत्ना ने संभाल भी लिया। उस दिन, उसके दूसरे दिन, तीसरे दिन... लगभग सात-आठ दिनों तक संभाले रही।

एक दिन रात को अण्णाजी ने प्रस्ताव किया कि पुलिस में खबर कर दी जाए। जगन्नाथ माला को लेकर भाग गया है! एक सप्ताह से अधिक हो चुका था और यह निश्चित समझ लिया गया था कि वे दोनों भाग गए हैं। सोचकर रत्ना खुश थी। यह सोचकर भी कि उसके पूर्व में सोचे हुए की ही विजय हुई है। अन्त में लग्न करना ही पड़ा उन्हें। संच छोड़ देना भी उसी निर्णय का एक अंग होगा। अण्णाजी के प्रस्ताव का उसने विरोध किया। नहीं चाहती थी कि माला और जगन्नाथ का सुखमय जीवन संचवालों की किसी तरह की दखलन्दाजी का शिकार हो...किसी दिन उसके अपने साथ भी तो यही सब होने वाला है। क्यों न अभी से संचवालों के विषदांत तोड़ डाले जाएं? ...माला हो या रत्ना, किसीके मामले को लेकर अगर ये लोग एक बार सिर चढ़ गए तो हमेशा के लिए चढ़ जाएंगे। उसने कहा, 'पुलिस में जाने से क्या फायदा होगा?'

'क्यों, फायदा क्यों न होगा? दोनों पकड़े जाएंगे स्साले!' सारंगीवाले नीलकंठ ने तर्क किया।

'मूर्ख है तू!...जानता है न कि कानून उनका ही साथ देगा। अक्का चौबीस साल से ऊपर है। बालिग। वह अपनी मरजी से किसी भी मर्द के साथ रह सकती है। तुम उसका कुछ भी नहीं कर सकते! उल्टे तुमसे ज़रूर दरोगा सौ-पांच-सौ रुपये खा जाएगा।'

और सब चुप हो गए। नीलकंठ तम्बाकू की पीक थूकने बाहर चला गया... गया तो फिर लौटा ही नहीं। अण्णाजी ने एक गहरी सांस लेकर कहा, 'तो छोड़ो।... समझना कावेरी, कि बेटी नहीं नागिन पैदा की थी तूने। तेरी ही कोख में डस गई।'

कावेरी चुप है। कुछ दिनों से उसका बोलना, चीखना बहुत कम हो गया है। खास तौर से उस समय से जब से माला ने उसका कहा एक ही बार में ठोकर मारकर हवा में उछाल दिया था। जगन्नाथ को न सिर्फ अपने साथ रख लिया था, बल्कि हर मामले में मनमानी करने लगी थी।

संच के आकाश पर एक सूनापन फैल गया। कुछ गुम जाने का सन्नाटा।

एक दिन मुकुन्दराव आया था। रत्ना ने ऊपरी हंसी हंसकर उसका स्वागत किया था। वह बहुत देर नहीं रुका। सिर्फ यह कहकर चला गया था कि दो दिन के लिए अपने गांव जा रहा है। जानना चाहता था अभी संच कहीं और तो जाने वाला नहीं है।

रत्ना ने बता दिया था, 'नहीं। कम से कम आठ दिन और रुकेंगे यहां, फिर शायद नागपुर जाएंगे। तारीख तय होनी है।'

खुश हुआ था मुकुन्दराव, 'तो बस, ठीक है। मैं दो दिन बाद आऊंगा। ज़रूरत हुई तो नागपुर भी चलूंगा।'

'क्यों, नागपुर में काम है कोई?' रत्ना समझ गई थी कि 'जम' चुका है—'जम' क्या चुका है, जाम हो गया है।

'काम?...काम तो नहीं है। बस यों ही...' वह हंसा—झेंप-भरी हंसी। रत्ना उससे और भी कुछ कहती, पर वह रुका नहीं। जल्दी में था शायद, या ठहर नहीं पा रहा था। चला गया।

सन्नाटा ज्यों का त्यों। रत्ना सोचती रही थी कि अब तक माला और जगन्नाथ ने क्या-क्या कर लिया होगा। छोटा-सा घर। जगन्नाथ नौकरी ढूंढ़ रहा होगा ...माला पल्लू लेने लगी होगी माथे पर।

पल्लू!...कितनी लजीली और सुकुमार कल्पना! रत्ना अपने ही सोच से

लजा गई।

किसी दिन रत्ना भी...जगन्नाथ की जगह एक चेहरा उसने अपने-आप ही स्मृतियों में उभरता हुआ अनुभव किया—मुकुन्दराव का चेहरा। हर घड़ी नीचे दबी पलकें, संकोच...मासूमियत!

और फिर देर तक वह इसी खयाल में उलझी रही थी...उस समय भी जब नीलकंठ ने उसे आवाज़ दी, 'रत्ना!'

'हूं।'

'बाहर आ ज़रा।

'क्यों?' उसने भुनभुनाकर कहा। वह मीठे सपनों और खयालों से कटना नहीं चाहती।

'आ तो सही। देख माला आ गई है।'

माला आ गई है! वह झपटकर बाहर आ गई थी—अविश्वसनीय आश्चर्य के साथ।

माला आ गई थी। आगे-आगे वह, पीछे-पीछे बिस्तर-पेटी लिए हुए जगन्नाथ। कहां गए थे वे और क्यों वापस आ गए हैं? रत्ना तेज़ी से उनके पीछे हो ली थी।

माला अपने तम्बू में आ गई। तम्बू जो पिछले आठ दिनों में एक बड़ा परिवर्तन झेल चुका था। उसमें कावेरी आ गई थी और कावेरी ने अपना तम्बू अण्णाजी और बिरज को सौंप दिया था। उन सभीने समझ लिया था कि माला नहीं आएगी...और माला आ गई है!

सभी आश्चर्यचकित थे। उसके इर्द-गिर्द जुट आए। सबकी नज़रों में एक सवाल—कहां गए थे तुम दोनों?...और क्यों चले आए हो?

माला का चेहरा उतरा हुआ था। कमज़ोर भी लग रही थी। बीमार। शायद बीमार ही रही थी वह। आते ही चारपाई पर गिर पडी। जगन्नाथ ने पेटी एक कोने में रखी और जूट आए लोगों को कुछ घूरकर देखा—इस भाव से, जैसे वह इन सबको सह नहीं पा रहा है।

रत्ना ने कहा, 'हवा आने दो, भई!... देखते नहीं अक्का की तबीयत खराब है।'

वे क्रमशः सरक गए। फुसफुसाहटों के साथ। रहे सिर्फ कावेरी, माला और जगन्नाथ।

कावेरी ने इधर-उधर की बात नहीं की। जिस हाल में भी है, माला आ तो

गई है। वह संतुष्ट लग रही थी। जिस चीज़ को उसने गुमा हुआ मानकर खयालों से उतार दिया था, वह मिल गई है—सन्तोष होने का ठहरा। वह हौले कदमों उसके करीब पहुंची। धीमे स्वर में सवाल किया, 'माला,...क्या हुआ था, मेरी बच्ची! 'सबाल के साथ-साथ उसकी हथेली माला के सिर पर घूमने लगी।

जगन्नाथ और रत्ना एक ओर खड़े थे—चुप।

माला ने कहा, 'कुछ नहीं।'

कावेरी ने जगन्नाथ की ओर देखा, जैसे उससे जवाबतलबी की हो। वह बोला, 'नागपुर गए थे—घूमने। वहीं तबीयत खराब हो गई थी इसकी।'

'हमें खबर क्यों नहीं की?' कावेरी ने पूछा।

जगन्नाथ उत्तर न देकर माला के चेहरे की ओर देखने लगा। इस भाव से, जैसे पूछ रहा हो कि इसका क्या जवाब देना है।

माला ने कहा, 'तुम्हें क्या खबर देते! सोचा था कि एक-दो दिन में आ जाएंगे। आ भी गए हैं।' उसने पलकें मूंद लीं।

कमज़ोरी बहुत है, रत्ना ने सोचा। फिर यह भी कि अब उससे ज़्यादा पूछताछ नहीं करनी चाहिए। आ गई है तो धीरे-धीरे सब मालूम हो जाएगा। एक ही बार में सब कुछ जान लिया जाए, इसकी क्या ज़रूरत है।

कावेरी चूप हो गई। गंभीर दृष्टि माला के चेहरे पर गड़ाए चारपाई की पट्टी पर ही बैठी रही—शायद किसी नतीजे पर पहुंचना चाहती थी वह। उसने माला के सिर पर हथेली फिरानी बन्द कर दी थी।

'अक्का को आराम करने दे, आई!' रत्ना बोली।

कावेरी ने घूरकर उसे देखा, फिर क्रमशः जगन्नाथ और माला की ओर चली गई।

माला ने पानी मांगा। जगन्नाथ ने गिलास भर दिया। पानी पीकर वह फिर से लेट गई। थोड़ी देर चुपचाप रत्ना उसकी ओर देखती रही, फिर लौट चली। तबीयत ज्यादा खराब है। ऐसे में उससे क्या बात की जा सकती है?

चाल में ढीलापन है। सोच बिखर गए हैं—माला से जुड़े हुए सोच। उन्हीं की बुनियाद पर रत्ना अपना घर बना रही थी। अपने अगले की भूमिका, पर... माला लौट आई है!

पर लौट क्यों आई माला? पूछना चाहती थी रत्ना, किन्तु पूछ नहीं सकी।

उत्तर देने लायक स्थिति ही नहीं थी माला की। तीन दिनों तक सवाल रत्ना को मथता रहा था और फिर एक दिन पूछ लिया था, 'तू गई कहां थी, अक्का?'

'बताया न, घूमने गई थी।' माला ने पिछला उत्तर दोहरा दिया था। इन दिनों बहुत गम्भीर रहने लगी है। रहने लगी है, या हो गई है?

'नहीं, सिर्फ यही बात नहीं है। कुछ और भी है।' रत्ना ने कहा।

माला चुप रही। उसकी गम्भीरता पूर्वापेक्षा घनी हो गई।

'तू मुझसे बात नहीं चुरा सकती है। मैं जानती हूं कि कोई और बात है। तू छिपा रही है।' रत्ना उसके सामने बैठ गई।

एकान्त है। रात। जगन्नाथ आजकल बाहर मंडली में जा बैठता है। ज़िन्दगी ही कितनी है यहां की। तम्बू में या तम्बू से बाहर गिने-चुने लोगों के बीच—यही कुल ज़िन्दगी।

लालटेन की बत्ती धुकधुकाने लगी है। माला ने उसे ठीक किया। बोली, 'तुझसे नहीं छिपाना चाहती...पर डर लगता है कि तू इधर-उधर कह न दे।'

'तुझे मुझपर विश्वास नहीं है, अक्का! ...नहीं है, तो मत कह।' रत्ना रूठने के टोन में बोली।

'नहीं, यह बात नहीं।' माला अपनी जगह लौट आई।

'फिर?'

'अगर तू ठीक तरह मेरी बात नहीं समझ सकी तो...।'

'क्यों? क्या अक्कल नहीं है मुझमें?'

माला चुप हो गई।

'तू बिल्कुल बच्ची ही समझती है मुझे?' रत्ना ने कुछ नाराज़ होकर कहा, 'देख, मैं कितनी बड़ी हो गई हूं?' रत्ना उठकर खड़ी हो गई—तनी हुई, 'अब मैं सब समझने लगी हूं। पलक दबाना, किसीको 'जमाना', जांघ तक साड़ी उछाल देना और वह सब करना, जो हमारा धर्म है।...'

माला ने चौंककर देखा—हां, ठीक ही कह रही वह। बड़ी हो गई है, बहुत बड़ी। लालटेन की मद्धिम रोशनी एक दिशा से गिर रही थी और रत्ना के सीने के उतार-चढ़ाव स्पष्ट देखे जा सकते थे। उसके शरीर की गदराहट, नशीली आंखें... सब! अब इस योग्य हो चुकी है वह कि उससे सब कुछ कहा-सुना जा सके। माला ने एक गहरी सांस ली, 'तो सुन!...मैं घूमने नहीं गई थी नागपुर,' उसने एक

क्षण रुककर कहा, 'तू जानती है, औरतें मांएं कैसे बनती हैं?'

'जानती हूं।' रत्ना ने अक्खड़पन से कहा।

'तो सुन, मैं नागपुर इसलिए गई थी कि कभी मां न बन सकूं।' माला ने इस तरह कहा जैसे धोने के बाद एक कड़क कपड़ा फटकारा हो। कर्कश आवाज़ करती हुई फटकार।

'क्या मतलब?' रत्ना चौंक गई।

'मतलब यह कि अब मैं कभी भी मां नहीं बनूंगी। किसीकी मां नहीं बनूंगी। ...मेरे शरीर-पाप कभी बेटे-बेटी नहीं कहलाएंगे। मेरे साथ ही मेरे लहू की वह परम्परा खत्म हो जाएगी, जो आई से मुझ तक आई है या आई से पहले उसकी आई तक थी...समझी!'

रत्ना का चेहरा उतर गया...उसने बेचैनी से भूक निगला। ओह, कितना भयावह सच! ...इसका मतलब है कि माला ऑपरेशन करवा आई है, पर क्यों! ...उसने चीखना चाहा, पर चीख कितनी दब चुकी है? मुर्दा आवाज़ बनकर बाहर आई, 'मगर ऐसा क्यों किया, अक्का? ...तू कैसी औरत है? तू मां नहीं बनना चाहती?'

माला की आवाज़ भी मुर्दा हो चुकी थी, 'हां। मैं ऐसी ही औरत हूं। मुझे मां बनना पसन्द नहीं है। मुझे किसीकी बीवी बनना भी पसन्द नहीं है और मुझे मर्द बदलते रहना पसन्द है। मुझे कुछ भी पसन्द नहीं है और सब पसन्द है।'

रत्ना को लगा कि वह पागल हो रही है—कदम दर कदम पागल होती जा रही है। पहला पागलपन था संच से भागने की योजना बनाना; दूसरा, प्रेमी के साथ कायरता बरतना; तीसरा, प्रेमी को बिना विवाह घर में रख लेना और अब यह घृणित पाप...छि-छिः! रत्ना के शरीर पर चींटियां रेंगने लगी हैं। भय, आवेश और घृणा की चींटियां।

माला कह रह थी, 'तू कारण जानना चाहती थी न? जान लिया कारण? समझ गई कि मैं कहां गई थी...क्यों गई थी...अब तू जा।'

रत्ना को जाने क्यों उससे भय लगने लगा। माला का चेहरा मटमैला हो गया था। भावों के नाम पर सपाट—सफेद कागज़। कुछ नहीं लिखा है उसपर। औरत, मां प्रेयसी...कुछ भी नहीं। उसकी आंखों में रत्ना को एक नर-कंकाल जैसे गढ़े नज़र आने लगे हैं...डरावने और कुरूप...माला हंसिनी का चेहरा है यह?

उसने विद्रूप से सोचा।

'अब कभी कुछ न पूछना मुझसे। अब तू सब समझ चुकी है।' माला ने कहा।

रत्ना का जी हुआ उसे गालियां दे—शैतान है तू! ...नीच! ...तू क्या है, यह कोई कभी भी नहीं समझ सकता!... पर कह कुछ न सकी। बदन में सिहरन होने लगी थी और माला के सामने ठहर पाना दूभर हो रहा था—चली आई।

दो दिन के लिए कहकर गया मुकुन्दराव, चौथे दिन आया—वह भी सीधा नहीं। जाकर तमाशे में शरीक हो गया।

आ गया है।...कावेरी को अण्णाजी पहले ही बता गया था। हमेशा की तरह अगली पंक्ति में बैठा था मुकुन्द। साफ-साफ देखा जा सकता था।

कावेरी ने रत्ना को हिदायत दी, 'कितने दिनों तक खींचेगी इसे?...फटाफट खत्म कर! ज़्यादा ढील देना भी ठीक नहीं होता।'

रत्ना का मूड़ बिगड़ गया। हमेशा एक ही बात, एक ही इच्छा। बस। यह औरत है, या मशीन? झल्लाकर पूछा, 'कैसे खत्म करूं? क्या गोली मार दूं उसे?'

'हां गोली ही मार दे! ...' कावेरी ने मुसकराकर कहा, 'सीसे की नहीं, जवानी की!'

रत्ना बौखला पड़ी, 'तू कैसी बातें करती है, आई?...मैं...मैं तेरी बेटी हूं, या सखी?'

'सखी!' कावेरी ने गंभीर होकर कहा, 'जब बेटे-बेटियां बराबर की लम्बाई के हो जाते हैं, तब वे सखा या सखी ही होते हैं। समझी! उनसे बराबर जैसी बात ही होनी चाहिए। अब तू बच्ची नहीं।'

'इसीलिए मुझे तेरी ऐसी बातें अच्छी नहीं लगती हैं। मैं अब बच्ची नहीं हूं।'

'अब ज्यादा दिमाग मत खा। वह आता होगा...' कावेरी ने बात खत्म ही की थी कि वह आ गया। तम्बू में सारस की तरह गरदन डालकर पूछा, 'आ जाऊं, रत्ना बाई?'

'अरे, पटेल जी!...आओ, आओ!' रत्ना तो नहीं, कावेरी बोली। रत्ना को आश्चर्य हुआ। कैसे पल में मूड बदलती है कावेरी।

वह भीतर आ गया। सिर नीचे। बोला, 'बस, ऐसे ही डांस की तारीफ करने चला आया...बधाई!'

'हां, हां, बैठो, बैठो।' कावेरी ने चारपाई की ओर इशारा किया फिर रत्ना की ओर पलक दबाकर कहा, 'पटेलजी को कुछ ठंडा-गरम पिला, तब तक मैं बाहर का काम देखती हूं।' वह चली गई।

रत्ना के दिमाग में कावेरी के शब्द गूंज रहे हैं...फटाफट खत्म कर इसे!... ज़्यादा ढील देना भी ठीक नहीं है...और सूझ नहीं रहा है कि क्या कहे, किस तरह कहे?...कहने के लिए कोई बात भी तो हो। एक पल सोचती रही थी वह, फिर पूछा, 'सुपारी दूं?'

वह चौंक गया। कहा कुछ नहीं, सिर्फ उसकी ओर हैरानी से देखने लगा। जैसे कह रहा हो—सुपारी?

रत्ना ने दृष्टि झुका ली। भूल हो गई है उससे। बेसिर-पैर की बात!

वह बोला, 'मुझे ज़रूरी काम लग गया था, इसीलिए दो दिन की देर...'

'हां, मैं भी यही सोच रही थी कि...'

'पर अब मैं पूरी तरह फ्री होकर आया हूं। कम से कम पन्द्रह दिनों तक कोई काम नहीं।' उसने कहा, और उसे भी लगा कि मूर्खतापूर्ण बातें कर रहा है। बोलते-बोलते चुप हो गया।

रत्ना भी चुप है।

थोड़ी देर की चुप्पी के बाद वह पुनः बोला, 'रत्नाबाई, तुम बहुत अच्छा नाचती हो। जब से देखा है, जी होता है कि देखता ही रहूं।...क्या बात है। वाह वाह!'

रत्ना सिर्फ मुसकराई। उसकी ओर देखने पर लगा, जैसे एक घर सामने रखा हुआ है। आंगन में तुलसी-बिरवा। तुलसी-बिरवे में पानी उड़ेलती रत्ना के माथे पर पल्लू। गले में मंगलसूत्र...

वह फिर चुप हो गया था। रत्ना ने उसकी ओर देखा, इस तरह जैसे कहा हो—'कुछ बोल न!'

और वह बोलने लगा, 'तुम्हें यहां देखता हूं तो लगता है कि एक घरू औरत को देख रहा हूं।...बिलकुल घरू औरत। बल्कि ऐसी लजीली तो घरू औरतें भी नहीं होती हैं।'

रत्ना की पुतलियों पर शबनम की बूंदें उतर आईं—एक चमक। क्या

सचमुच रत्ना घरू औरत हो सकती है?

'रत्नाबाई, बैठो न। यहां।' उसने चारपाई पर अपने करीब हथेली थपथपाई।

क्या बैठ जाएं रत्ना?...उसके शरीर में सिहरन होने लगी है। ऐसे जैसे ठंड के दिनों में किसीने पानी में भीगा हाथ सीने पर रख दिया हो।

'क्यों, क्या इतना बुरा हूं मैं?' उसने पूछा।

'नहीं, नहीं, यह क्या कहते हो, पटेलजी? ...'

'फिर?'

वह लजा गई। निरुत्तर।

मुकुन्दराव को अच्छा लगा। कहा, 'कोई बात नहीं। मैं समझ गया। तुम शरमाती हो, रत्नाबाई।...एकदम घरू औरत की तरह शरमाती हो। जी होता है कि तुम्हें...मेरा मतलब है कि तुमसे लग्न कर लूं! ...'

लग्न?...रत्ना ने उसे देखा और महसूस किया, जैसे पूरी की पूरी ठंडे पानी के तालाब में जा गिरी है—डब्बू!...

और घबरा गया था...खुद बात कहकर खुद ही घबरा गया था। उठा और बाहर जाने लगा। 'मैं चलता हूं रत्नाबाई!...एक काम याद आ गया है। अच्छा। फिर आऊंगा।'

रत्ना उसे रोकना चाहती थी, पर कुछ कहे, तब तक तो वह तम्ब के पार हो गया।

रत्ना डुबकियां खाती रही—लग्न!...डुब्...डब्ब्!...डब्ब्...ठंडा पानी... कहता है कि रत्ना घरू औरत-सी है!...एकदम घरू औरत! ...

कावेरी बाई ने आकर पूछा, 'बड़ी जल्दी चला गया?'

'हां।' रत्ना अब भी ठंडे पानी के तालाब में है।

'कैसा रहा?'

'बहुत अच्छा।'

'क्या बोलता है?'

'बोलता है कि लग्न करेगा?'

'लग्न करेगा?' कावेरी चौंकी, 'किससे करेगा? तुझसे?'

'हां।'

'बोली नहीं कि इधर लग्न-वग्न की बात नहीं चलती। खुश होते रहो, नज़राना देते रहो। नहीं तो छोड़ छुट्टी!'

रत्ना चुप रही। कावेरीबाई का माथा ठनका, 'फिर क्या कहा तूने?'

'कह दिया कि करूंगी!' रत्ना तालाब से उछलने लगी है।

'तेरा मस्तक तो ठीक है न?' कावेरीबाई चीखी, तू भी माला की तरह लुच्ची!' उसने झपटकर रत्ना के मुंह पर एक तमाचा रख दिया।

रत्ना गिरते-गिरते बची। तालाब से बाहर आ चुकी है। कुछ होश आया। अब सामने मुकुन्दराव नहीं है, कावेरीबाई है। उसकी मां...नहीं।...संच की मालकिन! ... संच की परम्परा...संच का लहू...

'कमीनी!...तु लग्न करेगी?' कावेरी गरजने लगी थी। नीलकंठ, अण्णाजी, चिमन, जगन्नाथ, माला...पेटीवाला, तबलेवाला—पूरा संच ही घिर आया तम्बू में। कावेरीबाई ने सिर ठोंक-ठोंककर कहा, 'रत्ना लग्न करेगी! सिर फिर गया है इसका।'

सब सहमे खड़े हैं और रत्ना चुप है। तालाब से बाहर।

देर तक गरजती रही थी कावेरी, फिर बाहर चली गई। उसके पीछे-पीछे सब। रहे सिर्फ जगन्नाथ और माला। माला ने आगे बढ़कर उसे अपने सीने से लगा लिया।

'क्या सचमुच वह लग्न करना चाहता है तुझसे?' माला ने उसे थपथपाते हुए पूछा।

वह सिर्फ सिसकियां भरती रही। साफ-साफ तो कहा नहीं था उसने... जितना कहा, यों ही कह दिया था। उससे तो ज़ाहिर होता नहीं है कि लग्न करेगा वह। क्या उत्तर दे रत्ना?

'बोल न?'

'अभी साफ-साफ नहीं कहा है कुछ।' रत्ना ने सिसकियां थामीं, 'सिर्फ इतना कहा था कि उसका मन होता है कि मुझसे लग्न कर ले।'

'मन से क्या होता है। मन तो मेरा भी होता है कि मैं इन्दिरा गांधी बन जाऊं...पर मन करने से कुछ हो जाता है क्या?' माला ने तर्क किया।

रत्ना चुप।

जगन्नाथ ने कहा, 'उससे साफ-साफ क्यों नही पूछा?'

वह चुप ही रही।

'ठीक है। मैं पूछ लूंगा।'

रत्ना ने जगन्नाथ की ओर देखा और उसे लगा कि एक मासूम बच्चे का चेहरा है उसके धड़ पर। और ऐसी ही कुछ माला। वह माला के सीने में फिर समा गई।

माला थपथपा रही थी, 'अच्छा, अच्छा, अब रो मत!... पूछेंगे उससे। और चिन्ता मत कर। सब ठीक हो जाएगा।'

ठीक हो गया। तमाशा खत्म होने के बाद जगन्नाथ उसे अपने साथ लाया। कावेरीबाई देख रही थी। जी हुआ था कि रोक दे कि मुकुन्दराव नहीं जा सकता है रत्ना के पास, पर चाहकर भी रोक नहीं सकी। कैसे रोक सकती—जगन्नाथ उसके साथ है। माला पास खड़ी है।...और कावेरीबाई जानती है कि जवान उम्र से विरोध नहीं लिया जा सकता। क्या बात रहेगी अगर रत्ना ही उलट पड़ी? ...तिसपर मुकुन्दराव यों ही कोई बनिया-बक्काल नहीं है जिसे झड़प दे दी जाए। पटेल सरपंच है, नेता! पीछे पड़ गया तो कावेरी का सारा संच हवा में उड़ जाएगा।

वह देखती रही थी और मुकुन्दराव—हमेशा मिनमिनाता रहनेवाला मुकुन्दराव एक शेर की तरह रत्ना के तम्बू में समा गया था। फिर रत्ना के सामने जा पहुंचा। जगन्नाथ सब कुछ बता चुका है और जगन्नाथ की बातें सुनकर एक नतीजे पर पहुंच गया था मुकुन्दराव। रत्ना ऐसी-वैसी ही नहीं है। बिलकुल घरू किस्म की औरत है। जगन्नाथ ने भी समर्थन किया था और फिर मुकुन्दराव ने वायदा किया था कि वह रत्ना को स्वीकार लेगा! रत्ना की प्राप्ति के अलावा एक और लाभ भी था। जिला पंचायत का चुनाव सिर पर है और मुकुन्दराव उम्मीदवार। जनता के निचले वर्ग में इस तरह एक सामाजिक क्रांति कहलाएगा रत्ना को स्वीकारना। सामान्य वर्ग का बहुमत मुकुन्दराव को समर्थन देगा। इसीलिए स्वीकारने आया है।

रत्ना ने उसका स्वागत किया, 'बैठो।'

वह बैठ गया। रत्ना एक ओर खड़ी थी।

मुकुन्दराव ने कहा, 'मुझे जगन्नाथ ने सब बता दिया है। मैंने कहा न था रत्नाबाई...मेरा मतलब है कि मैंने पहले ही कह दिया था कि तुम घरू औरत हो। ...बिलकुल घरू!...कई बार आदमी जहां उसकी जगह नहीं होती, वहां पैदा हो जाता है। तुम्हारी जगह यहां नहीं है।'

'तुमने सब सोच-समझ लिया है न!...' प्रार्थना के स्वर में रत्ना ने पूछा।

माला ने कहा था—बात साफ-साफ होनी चाहिए। रत्ती-रत्ती...

'मैंने? ...' मुकुन्दराव ने कहा, 'मैंने तो सोच ही लिया है। तुम अपनी बात कहो, रत्नाबाई! ...'

'मैं क्या कहूं?' वह फिर पुलक से भर आई।

'यही कि मैं पसन्द हूं या नहीं...'

'आप बड़े लोग हैं—राजा। धन-मानवाले। सभा-सोसाटियों में आपकी इज़्ज़त है। खेड़े के पटेल। पसन्द आपकी होगी या मेरी?'

'पसन्द सबकी होती है।'

'तो फिर मेरी पसन्द है—बस! ...' रत्ना सहसा झुकी और मुकुन्दराव के पैर छूने लगी।...

'अरे-रे-रे...' वह पीछे हट गया, 'यह क्या करती हो तुम?'

'अपनी पसन्द बता रही हूं।'

मुकुन्दराव चुप हो गया, पर कितना कुछ बोल रहा था उस चुप के बावजूद! रत्ना सब सुन पा रही थी। वह टकटकी लगाए उसकी आंखों में देखने लगा था। खूब गहरे उतरने की कोशिश करता हुआ।

रत्ना ने माथे पर पल्लू खींच लिया। मुकुन्दराव बाहर चला गया। रत्ना ने तम्बू का परदा सरकाकर देखा—वह जगन्नाथ और माला को साथ लिए हुए कावेरीबाई के तम्बू की ओर चला जा रहा है...फिर से आनन्द के सरोवर में उतर गई रत्ना हंसिनी! ...

कावेरीबाई बहुत गरजी-बरसी। माला को भी बहुतेरा समझाया। तरह-तरह से, पर सब व्यर्थ!...रत्ना ने पल्लू माथे पर खींच लिया तो खींच ही लिया।

उसी दिन आ गया मुकुन्दराव। जगन्नाथ को भेजने की ज़रूरत नहीं पड़ी। उसके साथ चार-पांच लोग आए थे। सबके कपड़े ऐसे जैसे किसी समारोह में आए हों। और खुद मुकुन्द राव चूड़ीदार पाजामा और काली शेरवानी पहन आया था। सिर पर सफेद टोपी। मन मारकर कावेरीबाई सबको साथ लेकर मन्दिर में पहुंची थी। रास्ते में बिरज और अण्णाजी को बाज़ार दौड़ा दिया था। लौटे तो सुहाग साड़ी लाए, कुछ ज़रूरी सामान। लग्न-श्लोकों के समय वर-वधू

पर फूल बरसाए गए। कावेरी ने लाकिट दिया। अंगूठी पहनाई। माला ने घड़ी, और जिसपर जो बना सो।

फिर परदे वाली गाड़ी आई...कांचघर की औरत के लिए परदेवाली गाड़ी!...रत्ना विश्वास नहीं कर पा रही थी।

कावेरी ने कहा, 'जो हुआ, सब भूल जाना!...भूल जाना कि तू कभी संच में थी।...मुझे भी भूल जाना?...वह सब जो तुझे याद दिलाए कि तू तमाशेवाली है...अब तू कुछ नहीं है। सिर्फ मुकुन्दराव की पत्नी है। तेरी मांग में सिन्दूर है और गले में मंगलसूत्र...बाकी तेरे लिए कुछ भी नहीं है?...'

रत्ना ने शब्द गले उतार लिए...जी कठोर कर लिया था—हां, सब भूल जाएगी? ...सब...

परदेवाली गाड़ी आगे बढ़ गई—सीमा पार। घुंघरुओं की झनक, पेटी की आवाज़ और तबले की थापें उससे दूर, बहुत दूर खिसक रही थीं। गांव पहुंचते-पहुंचते बिलकुल डूब गई थीं वे...

## 2

टिक...टिक...टिक...

रत्ना चौंक गई। साढ़े तीन! ...

मुकुन्दराव अचानक तेज़-तेज़ खुर्राटे भरने लगा है। काश! वह पहले इतनी गहरी नींद में सोया होता...रत्ना विश्वनाथ बाबा के मंदिर पर होती—बालाजी के साथ।

अब तक वहां क्यों रुका होगा वह? चला गया होगा।

अंधेरा अब भी है और लौ अब भी उससे जूझ रही है—कितनी कमज़ोर लौ! बिस्तरे के नीचे दबे कपड़े रत्ना की तरेट पर चुभे—अब शायद हमेशा ही चुभते रहेंगे।

कांटा क्रमशः साढ़े तीन से आगे बढ़ रहा है—बालाजी के वक्त की ओर। चार बजे आवाज़ देता था—'पुड़िया! ...'और रत्ना दौड़ पड़ती थी—इस तरह जैसे स्टेज पर थिरकी हो। छूम...छन् ...न् ...न्...

हां बिलकल यही स्थिति होती थी मन की। ऐसा ही उत्साह। धुंघरू बजते, पर कोई सुन' नहीं सकता था उनकी आवाज़। सिर्फ रत्ना सुन सकती थी...

पर अब कभी नहीं बजेंगे धुंघरू! बालाजी को भी सदा-सदा के लिए खो चुकी है रत्ना। शायद अब वह पुड़िया देने भी नहीं आएगा। आएगा तो शायद रत्ना के मुंह पर थूक जाएगा। कुछ मौन गालियां होंगी उसकी आंखों में, कमीनी!... तूने अपनी ज़ात दिखा ही दी। मैं गरीब ही मिला था तुझे मजाक करने के लिए! ...'

पर रत्ना कितनी अवश थी?...

मगर कैसे समझाएगी अपनी अवशता! ठीक तरह बात तो कर नहीं पाती। हर क्षण लगता है कि इधर से कुत्ता झपट पड़ेगा, उधर से झपट पड़ेगा और रत्ना के शरीर, कपड़े, उम्मीदें—सबके सब चिथड़ों की शक्ल में बिखर जाएंगे।

ऐसा ही है मुकुन्दराव का आतंक। न सिर्फ रत्ना पर, बल्कि बालाजीराव पर भी।

बालाजीराव। हृष्ट-पुष्ट शरीर। चेहरे पर सूजन की कौंध। भरी जवानी लम्बा कद-काठ...पर जब रत्ना की देहरी पर आता था तो लगता था सब कुछ सिकुड़ा हुआ है। शरीर किसी बिल में समाने को आतुर...आंखें दबी हुई...पुड़िया देने को बढ़ा हाथ... कांपता हुआ हाथ...

समझ गई थी रत्ना कि बालाजी में वह बात है, जो इन पत्थर की दीवारों में कैद पड़ी अपंग रत्ना के लिए बैसाखी बन सकती है ... और अचानक एक रात उसने सोच लिया था—इस बैसाखी को काम में लेगी!...

खट्...खट्...

'आते हैं।...ज़रा रुको!...' रत्ना ने कुण्डी खोली थी।

बालाजी ने फूलों की पुड़िया आगे बढ़ाई। रत्ना ने ले ली।

बालाजी उसीकी ओर देख रहा था। रोज़ देखता था...रत्ना इस घर की बजाय संच में होती तो वह एक, दो, पांच—जितने का मिलता, टिकट खरीदता और फिर उसे देखता रहता...

रत्ना को उसका इस तरह देखना कभी पसन्द नहीं आया।

पर उस दिन रत्ना मुसकरा दी।

वह मुसकरा रही है? ... बालाजी माली की ओर मुसकरा रही है? ...रत्ना हंसिनी! कावेरीबाई के तमाशे की जान?...नहीं, नहीं, पटेल मुकुन्दराव की औरत...वह कांपने लगा। लौट पड़ना चाहता था, पर अजीव बात! बालाजी के

भीतर एक और बालाजी था—सुलगता, और कसकसाता हुआ बालाजीराव। रत्ना का आशिक। वह नहीं भागा था। आश्चर्य और अविश्वास से उसकी ओर देखने लगा था।

वह सचमुच मुसकरा रही थी। चांदनी के बीच एक और चांदनी। बालाजी के भीतर आतिशबाजियां छटने लगीं...हां, सचमच वह मुसकरा रही है। और सिर्फ बालाजीराव की ओर मुसकरा रही है। उसने भी एक जवाबी मुसकराहट छोड़ दी थी।

रत्ना ने पलकें दबा लीं—बालाजी कलाबाज़ियां खाने लगा, भीतर ही भीतर। उसकी सांस ज़ोर-ज़ोर से चलने लगी थी...

आज के लिए इतना ही काफी है!...रत्ना ने भड़ाम् से दरवाज़ा बन्द कर दिया। फिर सचमुच मुसकराई थी वह। लग गया ठिकाने! ...रत्ना को सन्तोष हआ। लगा कि बैसाखी उसके हाथ के बहुत करीब आ गई है। कल और करीब आएगी, परसों और... फिर बिलकुल रत्ना के हाथ में!

दूसरे दिन दरवाज़ा खोलते ही रत्ना ने पाया कि यह मुसकरा रहा है। पुतलियों पर चमक। चेहरे पर आब, जैसे सारी आकाश की चांदनी उसने अपने चेहरे पर समेट रखी हो। रत्ना समझ गई थी कि वह बे-तरह दीवाना होने लगा है। पुड़िया लेते वक्त रत्ना ने जानबूझकर उसके हाथ से हाथ छुआ दिया था और वह थरथरा गया...हां, यही तो चाहती है रत्ना...बस!

भड़ाम्! ...दरवाज़ा फिर बन्द। एक और मंज़िल तय हुई।

तीसरे दिन, तीसरी मंज़िल...दरवाज़ा खोलते ही रत्ना की मुसकान—बालाजी को बांधती हई।...दीवारें तोड़कर खुले आकाश के नीचे पहुंचानेवाला आदमी सामने है—संभावित आदमी रत्ना ने लौटकर एक नज़र आंगन में देखा। कोई नहीं था। फिर रत्ना की बुदबुदाहट, 'तेरा लग्न हुआ या नहीं?'

बालाजीराव सिहरा। थूक के कई घूंट गले से नीचे उतार गया। कुछ न बोल सका। कितनी मीठी और झकझोरती हुई आवाज़ है रत्ना हंसिनी की!...

'बोल न!'

'नहीं।'

रत्ना फिर से निरर्थक मुसकराई। लौटकर फिर आंगन में देखा कोई नहीं है। पूछा, 'क्यों नहीं हुआ!'

हिह् -ही...ही...' वह हंसा।

भड़ाम्!...

चौथा दिन।

'कैसी लगती हूं मैं!'

वह थूक निगलता है। हकलाकर दो शब्द बाहर निकालता है, 'अच्छी। बहुत...अ...च्छी!'

'तू भी मुझे...' (मुसकराहट)

'रत्नाबाई...'

'हां।'

'रत्नाबाई-ई-ई...'

'क्या है!'

'...कुछ नहीं।'

बैसाखी रत्ना के हाथ में। दरवाज़ा बन्द किया—चली आई। अब सब ठीक हो गया है। जल्दी ही बातों का क्रम पैदा कर दिया था रत्ना ने। भूरभूरी सुबह में एक मादक खयाल की तरह वह बालाजी को काबू कर लेती।...वह बिलकुल काबू आ चुका था!'

'मैं यह घर छोड़ना चाहती हूं!'

चौंककर बालाजीराव ने उसे देखा। दिल धड़कने लगा है। मुकुन्दराव को वह भी अच्छी तरह जानता है। पटेल से सरपंच बन रहा है वह। आसपास के चार-छह गांव उसकी मुट्ठी में हैं और बालाजीराव अदना-सा माली...रत्ना तमाशे की औरत नहीं है, सरपंच के माथे की टोपी है। बालाजीराव इस टोपी को उतारे... यह दुस्साहस कहां से लाएगा वह?...

पर रत्ना उसे हर तरफ से बांध चुकी है। कह चुकी है कि बालाजी उसे अच्छा लगता है...अच्छा लगना यानी प्यार होना।... बालाजीराव को टोपी उतारनी ही पड़ेगी मुकुन्द की। भले चाहे जितना बड़ा खतरा क्यों न हो!

'क्या सोच रहा है!'

'कुछ नहीं।' वह फुसफुसाया, 'सोच रहा हूं कि यहां से कैसे निकलेगी तू!'

'वह मैं बता दूंगी!'

'ठीक! ....' चला गया था बालाजीराव। मोहक सम्मोहन में जकड़ा हुआ।

अगले दिन रत्ना ने कार्यक्रम बताया था। बालाजीराव ने कुछ संशोधन पेश

किए थे और फिर उसके अगले दिन कार्यक्रम निश्चित हो गया था—विश्वनाथ बाबा के मन्दिर में ठीक बारह बजे!

'ठीक?'

'हां ठीक!'

'भड़ाम!'

और रत्ना खुले आकाश की कल्पना में फिर से चारपाई पर आ लेटी थी... बस, एक दिन के आधे घण्टे और फिर मुक्त! .... परसों की सुबह—कुत्ते से बच निकलने की सुबह! ...

...पर कितनी बोदी थीं वे कल्पनाएं?

कल्पनाएं बोदी थीं, या रत्ना ने ही कायरपन दिखाया। ज़रा साहस से काम लेती और इस कांटों-भरी ज़िन्दगी से पार हो जाती! ...पर रत्ना ने ख़ुद ही अपने उजले रास्तों को कायरता के अंधेरे से भर लिया।

मुकुन्दराव अब भी खर्राटों में है—कुत्ता!

कभी-कभी रत्ना विश्वास नहीं कर पाती है कि यह वही मुकुन्दराव है। पहली बार में सीधा-सादा लगा था। दूसरी बार उसने महसूस किया था कि मुकुन्दराव बहुत झेंपू है और फिर लग्न के बाद उसने पाया कि वह एक बड़ी हवेली का पहरेदार कुत्ता है...तीनों व्यक्तित्व कितनी जल्दी-जल्दी बदलते गए थे। हर दूसरा व्यक्तित्व पहले को इस तरह गायब कर देता था, जैसे उससे पहले वाला कुछ था ही नहीं। अगर था तो सिर्फ रत्ना का वहम।...

इस वहम ने रत्ना को कितना छला? भला ज़िन्दगी जीने को आतुर रत्ना इतनी जल्दीबाज़ी में सब कुछ करती गई थी कि संच से घर तक आने में उसे देर ही नहीं लगी...कावेरीबाई और माला ने अपनी ओर से बहुत-बहुत सावधान किया था, पर ऐसे हर वक्त पर रत्ना को वे शत्रु-सी दीखी थीं। उसने उन्हें ऊबड़-खाबड़ जवाब दिए थे और अब पछतावा कर रही है।

कमरे के पिछवाड़े में हलचलें होने लगी हैं। पशुओं के रंभाने की आवाज़ें... सुबह तेज़ और अधिक तेज़ होती जा रही हैं। उढ़के हुए दरवाज़े में दरार शेष थी और वक्त गुज़रने के साथ-साथ वह रोशनी की लकीर बनती जा रही थी...रत्ना को लगा कि वह और उसकी ज़िन्दगी उस लकीर से बहुत मिलती-जुलती है। घर

की कल्पना रत्ना के लिए संच में रहकर रोशनी की ही थी, पर जब घर में पहुंची तो पाया कि सिर्फ लकीर है रोशनी की, शेष सब अंधेरा!...

पगली रत्ना! सोच ही नहीं सकी थी कि हर सूरज सिर्फ प्रकाश-पुंज ही नहीं होता, अग्निपुंज भी होता है। उसकी किरणें किसी अंधेरे को रोशनी सौंपती हैं और किसी शबनमी बंद को सुखा डालती हैं...बिलकुल अस्तित्वहीन ही कर डालती हैं।

शबनम की बूंद सूखने लगी थी...

रत्ना सूखने लगी थी...

यही कमरा...यही दीवारें...और यही छत!

गांव तक डोली आते-आते शाम हो गई थी। रात आठ बजे तक रत्ना एक नुमाइश की तरह गांव की महिलाओं के दर्शनार्थ एक कोने में बैठी रही। फिर इस कमरे में पहुंचा दिया गया था उसे...

रात के साथ-साथ धीमे-धीमे शोर गायब होता गया था और थोड़ी ही देर बाद एक सन्नाटा शेष रहा था। पर कितना सुखद सन्नाटा! ... मीठा, गुदगुदी देता हुआ! सन्नाटे को चीरती कभी-कभी उठनेवाली पशुओं के रंभाने की आवाज़। रत्ना सहसा विश्वास नहीं कर पा रही थी अपनी स्थिति पर। पशुओं का रंभाना, उनके गले में बंधी घण्टियों की सी आवाज़...सब कुछ इस तरह जैसे यज्ञ में श्लोक पढ़े जा रहे हों—पवित्र और आनन्ददायक!...इस माहौल में तमाशा की 'हा-हा-ह-ह' सीटियों और गन्दे इशारों के बारे में सोचा तक नहीं जा सकता!

और सोचना भी नहीं है रत्ना को! उस सबसे ताल्लुक ही क्या रहा है?... शायद वह सब कभी ज़िन्दगी में था ही नहीं...

रुक-रुककर रत्ना की दृष्टि दरवाज़े पर जा ठहरती है—अभी आएगा मुकुन्दराव। किवाड़ हौले से चरमराएंगे और वह आदमी प्रकट होगा जिसे ढूंढते-ढूंढ़ते कभी रत्ना की आंखे थकी जाती थीं... तभी एक चरमराहट हुई। रत्ना ने गरदन उठाई। मुकुन्दराव देहरी पर सहमा हुआ खड़ा है...

उसीकी ओर देख रहा है। सहमकर रत्ना ने दृष्टि झुका ली। बदन में एक तुरंग—पानी की लहर-सी। ऊपर-नीचे उठाव-गिराव झेलती हुई।

मुकुन्दराव देख रहा है, और जो कुछ देख रहा है उसपर सहसा विश्वास नहीं

कर पा रहा है। माथे तक झूली हुई लांगवाली साड़ी का पल्ल, माथे और मांग पर कुमकुम, गले में मंगलसूत्र, हाथ में चूड़ियां, अंगुलियों में चांदी-सोने के छल्ले... पलकों पर मेकअप की कोई लकीर नहीं। क्या सचमुच यह औरत एकदम 'घरू' है, तमाशेवाली नहीं?

और रत्ना प्रतीक्षित है—वह आए, अब आए, अब...

मुकुन्दराव ने पलटकर दरवाज़े बन्द कर दिए है। कुंडी चढ़ाई...और कुंडी की आवाज़ ने रत्ना के शरीर में स्पन्दन किया—अजीब-सा स्पन्दन!...स्पन्दन या थिरक? संच नहीं है। न भीड़ न स्टेज, न तालियां सीटियां, पर थिरक वैसी ही...

वह पास आ गया। थूक का एक घूंट निगला और कहा, 'रत्ना!'

'...'

'रत्ना! ...' उसने दोबारा कहा। कांपते हाथ आगे बढ़ाए और घूंघट चेहरे से हटा दिया। वह उसके चेहरे के करीब अपना चेहरा लाना चाहता था, पर अधूरे में रह गया—एक बार फिर विश्वास कर लेने की कोशिश...घरू औरत ही है... तमाशेवाली नहीं।...

और रत्ना की आंखें बन्द। उसका चेहरा अपनी दोनों हथेलियों के बीच थामे हुए मुकुन्दराव! मुकुन्दराव के भीतर असमंजस।

रत्ना के होठों पर कम्पन है। तपन। छटपटाहट। पलकों पर तृप्ति के क्षण से पहले की शान्ति।

अचानक मुकुन्दराव ने रत्ना के होंठों को जलता हुआ ही छोड़ दिया। उसकी दोनों हथेलियां रत्ना का चेहरा छोड़कर अलग हट गईं...रत्ना को किसी ने थप्पड़ मारकर जगा दिया है। सारे शरीर में झनझनाहट...सवाल बनती हुई झनझनाहट—क्यों? ऐसा क्यों?...

मुकुन्दराव हथेलियां बिस्तरे पर रगड़ रहा है—बेसब्री से। क्या वही पहला मर्द है जिसने रत्ना का चेहरा अपने हाथों में इस तरह थामा है?

मुकुन्दराव की सांस ज़ोर-ज़ोर से चलने लगी। वह आश्चर्य और अविश्वास से उसका चेहरा देखने लगा। एक बार फिर कोशिश...नहीं! झूठ सोच रहा है मुकुन्दराव। रत्ना सिर्फ घरू ओरत है। सिर्फ मुकुन्दराव की औरत। मुकुन्दराव पहला मर्द है उसकी ज़िन्दगी में!

मकुन्दराव का सामान्य होता दिल ज़ोर-ज़ोर से चलने लगा— नहीं! धरू औरत नहीं है! सिर्फ रत्ना हंसिनी! कानों में ज़ोरज़ोर से धुंघरू बजने लगे हैं। इतने ज़ोर से कि मुकुन्दराव को लगता है, परदे फट जाएंगे। वह बहरा हो जाएगा।

सुबह वह कब उठकर चला गया—यह रत्ना को मालूम ही नहीं हुआ था। दिन को भी काफी देर तक गायब रहा था वह। रत्ना ने सोचा था कि कोई काम रहा होगा। सरपंच का चुनाव सिर पर आ रहा है। न जाने कितने बखेड़े जान को लगे रहते हैं। वह घर के काम से उलझी रही थी। आश्चर्य यह था कि सखूबाई ने उसे रोका नहीं था—नई बहू है। काम के लिए उसे रोकना चाहिए। काम सारी ज़िन्दगी ही करना है। इन कुछ दिनों की मोहलत दे दी गई तो क्या अहसान हो जाएगा?.. "पर सखूबाई—उसका रुख ही अलग है। रत्ना ने दो-चार बार की बातचीत में ही समझ लिया। बड़े रूखे जवाब देती थी और इतने उड़ते हुए शब्द बोलती थी कि रत्ना के सवाल की तह पर से ही गायब हो जाएं।

दोपहर आया था मुकुन्दराव। रत्ना उसकी प्रतीक्षा में भूखी बैठी थी। पर वह आते ही पैर धोकर रसोई में चला गया। सखुबाई थी वहां। उसने उससे थाली परोसवा ली थी।

रत्ना थाली परोसने आ रही थी, पर देखा कि वह थाली रखे सामने बैठा है। धक्का-सा लगा था उसे। यह तो विचित्र व्यवहार है!...

फिर एक नहीं, कई विचित्रताएं। हर बार रत्ना की यह साबित करने की कोशिश कि वह एक घरू औरत है। मुकुन्दराव को उसका पुराना-पिछला भूल जाना है और हर बार मुकुन्दराव के ज़रिए मिलनेवाला यह अहसास कि वह रत्ना है तमाशे की हंसिनी! सीत्कारों, सीटियों, आहों से भरी हुई नटनी! ...

हर सुबह, शाम, हर घण्टे कुछ न कुछ ऐसा घटता जा रहा है जो रत्ना को बार-बार यह स्मरण कराने लगा है कि वह गलत जगह आ गई है। कौन है इस घर में जो यह अहसास नहीं दिला रहा है। मुकुन्दराव, मारोती, सबखूई...सब के सब!

रत्ना शाम को श्रृंगार करती—शायद यही मुकुन्दराव को बांध सके?... सुबह से शाम तक घर के काम में पिसती। शायद इसी तरह वह मान ले कि रत्ना

वह नहीं है—यह है। सच्ची रत्ना। पर व्यर्थ! ...

हर रात वह रोशनी-भरे कमरे में उसकी प्रतीक्षा करती, और वह इस तरह आता जैसे होकर भी नहीं है। बात उठती और वह उत्तरों में सिकुड़ने लगता। इतना सिकुड़ जाता कि न तो रत्ना यह समझ पाती कि वह क्या कह रहा है और न यह समझ सकता कि वह क्या कहना चाहता है।

उस रात भी वह आया। लेट गया। पलकें बन्द। कमरे में दो पलंग रखवा दिए हैं। दोनों के बीच खाली जगह। एक अंधेरी खाई जैसी। उस दिन रत्ना ने सोच लिया था कि आज खाई पूरकर रहेगी। साफ-साफ पूछेगी। न होगा तो उबल पड़ेगी—क्यों?.. क्यों हो रहा है ऐसा?...रत्ना का अपराध?

रत्ना ने पहले से ही पलंग जोड़ दिए थे। खाई गायब! ... पर इस तरह खाइयां गायब होती हैं? पगली रत्ना! ...

खाई थी यह कि वह पलकें मूंद पड़ा है और रत्ना खोले हुए। वह थोड़ी देर उसकी ओर देखती रही थी—शायद यह सोचती हुई कि वह कुछ बोलेगा...

नहीं बोला वह। लाचार होकर रत्ना को ही बोलना पड़ा, 'क्या आज भी सिर में दर्द है?'

वह चुप।

रत्ना उसके करीब आ गई। बिलकुल सीने पर चढ़ने के लिए आतुर। सख्त आवाज़ में सवाल दोहराया और पूछा, '...सुनते हो, मैं क्या कह रही हूं?'

'क्या?' उसने पलकें मूंदे हुए ही सवाल किया।

'मैं पूछती हूं कि तुम्हें क्या हो गया है?'

'क्या हो गया है?'

'मैं तुम्हारी औरत हूं?...तुमने मुझसे लग्न किया है!' रत्ना लगभग चिल्ला उठी।

'मुझे मालूम है।' उसने बहुत संक्षिप्त-सा उत्तर दिया।

रत्ना कुढ़ गई। जी हुआ कि रो उठे।

उसने रत्ना की ओर से करवट ले ली, 'सो जा!...मैं बहुत थका हआ हूं रत्ना।'

'तुम रोज़ इसी तरह...' रत्ना की आवाज़ भर्राने लगी है, 'इस तरह मैं कैसे सहन करूंगी?...कैसे?...मैंने तुम्हारा क्या बिगाड़ा है?'

उसने करवट बदल ली—रत्ना की ओर। उसकी ओर देखा। वह रोने लगी है। मुकुन्दराव के भीतर कुछ कुलबुला उठा—झूठ कहते हैं सब...रत्ना उसी जगह के लिए है, जहां वह आई है। मारोती, सखूबाई, उसके नाते-रिश्तेदार, जात-समाज वाले सब झूठ कहते हैं।

'मैं तुम्हारे लिए अपनी मां, बहिन सब छोड़कर आई हूं... अगर तुम ही...' उसने सिर मुकुन्दराव के सीने पर रख दिया। ज़ोर से रोने लगी।

हड़बड़ा गया मुकुन्दराव। हकलाते हुए बोला, 'यह 'यह क्या करती है तू?... रोती क्यों है?...ऐसा क्या हो गया है।...कुछ नहीं हुआ। चुप हो जा। चुप! ...' वह रत्ना की पीठ सहलाने लगा। रत्ना हौले-हौले चुप हो गई। मुकुन्दराव के सामने एक चित्र देर तक के लिए स्पष्ट हो गया—घूंघटवाली रत्ना! ... सिर्फ घरू औरत। वह उठा और उसने रत्ना का रोता हुआ चेहरा अपने सामने कर लिया, फिर करीब...और करीब...और...

रत्ना—तरसती, बहने को आकुल नदी-सी ठहरी हुई रत्ना अनायास इस तरह वह उठी जैसे बांध टूट पड़ा हो। मुकुन्दराव की भी कुछ यही दशा थी। वह भी उसी तरह फूट पड़ा था। बेचैन झरने जैसा। वे एक हो गए थे...खाई दूर!... शायद खत्म!

रत्ना ने समझा था कि खाई खत्म हो गई है। यही कुछ मुकुन्दराव भी समझता था।...अपनी ओर से वे पाट रहे थे। पाट देना चाहते थे, पर अचानक एक घटना हो गई—दूसरे दिन के दोपहर।

इस घर की छत से बिलकुल लगी हुई छत है—व्यंकटराव की। जात-समाज में मुकुन्दराव की टक्कर का आदमी। एक उम्र, एक रुतबा-मर्तबा। उसका मकान भी दोमंज़िला है। पक्की छत, और छत पर रेडियो का एरियल। रेडियो महंगी चीज़! साधारण आदमी तो रख नहीं सकता।

और साधारण आदमी की हिम्मत भीक या कि वैसा करे, जैसा व्यंकट कर रहा है...उसकी जगह किसीकी भी छत हो, वह यही करता। तमाशे की औरत बगल के घर में हो और यह न किया जाए तो क्या किया जाएगा? रत्ना आंगन में थी—व्यंकटराव छत पर। नहाकर अण्डरवीयर-बनियाइन अरगनी पर डालने आया था। देखा कि हंसिनी आंगन में तैर रही है। पहली नज़र में

तैरती ही लगी। कई बार तमाशे के मंच पर तैरते देखा था रत्ना को। आसपास देखभाल लिया। कोई नहीं है। व्यंकट निश्चिन्त हुआ। टकटकी बांधे देखने लगा। अचानक उसकी सांस ज़ोर-ज़ोर से चलने लगी। फिर एक तरह का नशा छा गया उसपर...उसी नशे में था। चूने की एक कंकड़ी उठाई और दे मारी मुकुन्दराव के आंगन में! ...

रत्ना ने ऊपर देखा—व्यंकट की भोंड़ी मुसकान?...जी हुआ कि चीखकर दस-पांच गालियां सुना दे—'लुच्चे!...हरामी! ....' पर ऐसा किया नहीं जा सकता। कैसे किया जा सकता है? अब वह तमाशे की औरत तो है नहीं। घरू है, और कोई घरू औरत इस तरह...आवाज़ कर सकती है भला? खुद को घोंटकर रह गई थी।

एक कंकड़ी फिर...

रत्ना उठकर भीतर चली गई।

व्यंकटराव का नशा तेज़ हो गया। रत्ना के जाते वक्त चाल देखी थी उसकी। कितनी नशीली?...वह उसके कपड़ों के पार तक उसे देख पा रहा था। भले ही रत्ना ने घरू औरत का श्रृंगार कर रखा हो, पर व्यंकट की आंखें तो बदली नहीं हैं। वही आंखें हैं जो कभी तमाशे की भीड़ में बैठकर स्टेज पर नाचती रत्ना को कपड़े भेदकर देखा करती थीं।

थोड़ी देर धूप में चहलदमी करता रहा था, फिर उतर गया। शाम को फिर छत पर...यो-यो रे पाहुणा...फेंटेवाला पाहुणा...' गुनगुनाते हुए सहम गया था वह। यह...उलटकर दौड़ता हुआ नीचे उतर गया था। कितनी बड़ी भूल हुई!... रत्ना नहीं थी उस वक्त आंगन में, और व्यंकट समझा कि वही है। उसने बोल गुनगुना दिए थे...सखूबाई ने चेहरा ऊपर उठा दिया था। नज़र में बिजली की कौंध!...

और सखूबाई ने झाड़ू एक ओर फेंकी। आवेश में रत्ना के पास जा पहुंची, 'हरामज़ादी!...कुतिया! ...'

रत्ना हैरान। क्या हुआ है सखूबाई को? वह आश्चर्य से उसकी ओर देखती रह गई।

'तुझीसे कह रही हूं।' सबखूबाई गरजी, 'बता क्या चक्कर है यह?'

'कैसा चक्कर?'

'यही व्यंकट वाला?'

'कौन व्यंकट?' रत्ना ने कोशिश ही नहीं की है कि मुकुन्दराव के अलावा किसीका नाम जाने। तब यह व्यंकट...

'अच्छा, बनती है?...नटनी?...हमारे कुल में कोढ़ लगा दिया है मुकुन्द ने!...' बड़बड़ाती हुई सखूबाई बाहर चली गई।

रत्ना अब भी अनजान है। बस, एक हल्का-सा शुबहा है मन में। कहीं व्यंकट वही तो नहीं है जिसने कंकड़ी...मुकुन्दराव के आते ही उसे बता देगी। इससे पहले कि व्यर्थ ही कोई तूल हो, रत्ना स्वयं ही सब बता देगी।

थोड़ी देर बाद ही मुकुन्दराव आ गया। मीटिंग से लौटा है, पिटा हुआ सा। रत्ना ने एकदम कुछ कहना ठीक नहीं समझा। थका-परेशान आदमी घर लौटे तो थोड़ी देर राहत मिलनी चाहिए उसे। मुकुन्दराव ने आते ही आदेश फेंका था, 'एक चाह बना दे।' और सखूबाई के कमरे की ओर चला गया था।

रत्ना के भीतर भय ने बुनियाद ली। मुकुन्दराव ने प्रकट कर दिया कि क्या कुछ था। उसके नथुने क्रोध में फैल रहे थे। आंखों में हिंस्र कुत्ते-सा भाव। गरजकर पूछा था, 'शाम को क्या हुआ था?'

'क्या!'

'बनती है!' मुकुन्दराव चिल्लाया, 'वह व्यंकट कैसे पहुंचा छत पर?'

'मुझे क्या मालूम!' रत्ना समझ गई। इसका मतलब है कि शाम को भी व्यंकट ने वैसा ही कुछ किया होगा जैसा दोपहर किया था।...और उसे सखूबाई ने देख लिया।

'मालम कैसे नहीं है?'

'मैं तो उसका नाम भी नहीं जानती थी, अभी तुमसे जाना है।'

'अच्छा!...और वह जो 'यो-यो रे पाहुणा' गा रहा था, सो!'

'...'

'ज़रूर तूने पलक दबाई होगी, तभी तो चढ़ गया साला छत पर!'

'ऐसी बातें मत करो!' रत्ना बर्दाश्त नहीं कर सकी।

'अरे, जा जा!...तुम साली तमाशावाली औरतों की ज़ात मैं खूब जानता हूं!'

'जानते थे, तो मुझे लाए क्यों?' रत्ना ने भी चिल्लाकर कहा।

'चुप्! ...' मुकुन्दराव ने झपटकर एक तमाचा जड़ दिया रत्ना के मुंह पर।

वह गिरते-गिरते बची। सारे शरीर में झन्नाहट! मुंह में साड़ी का छोर भरकर रो उठी। मुकुन्दराव बड़बड़ाता हुआ ऊपर की मंज़िल में चला गया—सखूबाई के पास।

ऐसे कैसे चलेगा?...कब तक चलेगा?.. रत्ना देर तक अंधेरे में बैठी सोचती रही।

फिर वह रोज़ सोचने लगी।

छन्-न-न...! हुईश्श्! ...

मन में दबा हुआ सब कुछ उभर आया। वक्त ने थोड़े-से दिनों के लिए धुआं छोड़ रखा था उस सबपर। इस धुएं में रत्ना न तो खुद को ही देख सकी थी, न अपने पास-दूर के लोगों को पहचान पाई थी। सब कुछ धुंधला-धुंधला लगता था। और अब?...अब सब कुछ उभर आया है...कावेरीबाई, माला, नीलकंठ, अण्णाजी, पंडाल, भीड़, आहे...हुईश्श!... हुईश्श... !

दरार! ...जिसे भरने की कोशिश की थी रत्ना ने। पगली! ये दरारें इस तरह भरा करती हैं?

देर तक रोती रही थी रत्ना और मुकुन्दराव ऊपर से नहीं उतरा और जब उतरा भी तो आकर चुपचाप सो गया था—बिना बोले! क्या वह दोबारा नहीं पूछ सकता था कि मामला क्या है? वह रत्ना को सफाई का मौका भी नहीं दे सकता था?...वह इस सीमा तक अविश्वास करता है रत्ना पर?...

उस दिन कोई खास बात नहीं थी। उसके पीछे कारण भी नहीं था, लेकिन मुकुन्दराव ने एकदम कैसा रूप दे दिया था उसे! वह दरवाज़े से टिककर खड़ा था और रत्ना साग काट रही थी। उसने एक पैर फैला रखा था, जिसपर कसाव में बंधी साड़ी उलटकर घुटने तक आ गई थी।

गरज पड़ा मुकुन्दराव, 'तुझे शर्म नहीं आती!'

रत्ना ने चकित होकर उसकी ओर देखा।

'अरे समझती नहीं है? बन्द कर साली को!' मुकुन्दराव और ज़ोर से चिल्लाया, 'टांग नंगी करके सारे ज़माने को दिखाती है!' रत्ना ने सकपकाकर साड़ी पिंडली पर खींच ली।

'मैं तुझे कूड़े से निकालकर महल में ले आया। मेरी ही मिस्टेक हुई। हमारे

यहां यह नहीं चलेगा। गांव-खेड़े में हमारी इज़्ज़त है। हमारे घर की औरतों को इज़्ज़त से रहना चाहिए।'

रत्ना सिमटी बैठी रही थी और मुकुन्दराव की ज़बान रुकी नहीं। बार-बार वह जो कुछ दोहरा रहा था, उसमें एक ही प्रतिध्वनि थी कि याद रख, रत्ना अब तू एक इज़्ज़तदार औरत है। इज़्ज़तदार घर की औरत है, ऐसे घर की, जिसकी दूर-दूर तक जात-बिरादरी में पूछ है। मुकुन्दराव छोटा-मोटा आदमी नहीं है। वह गांव का पटेल है, और पटेल या होने वाला सरपंच। ऊंची-ऊंची सभा-सोसायटियों में आता-जाता है। उसने रत्ना पर उपकार किया है। उसे कूड़े से निकालकर महल में ले आया है वह...

मुकुन्दराव को गहरी चोट लगी। पल-भर में सब भहराकर टूट गया। कितना विश्वास, कितनी आशा और कितने प्रेम से लाया था रत्ना को...सचमुच जब उसने निर्णय लिया, तब और सोचविचार के साथय ही भावनाएं थीं मन में। लगता था कि रत्ना वीनस की मूर्ति की तरह है—निर्दोष? पर कितना सच होता है बूढ़े-पुरानों के सुझावों, विश्वासों और निर्देशों में!

मुकुन्दराव समझ रहा था कि उसने क्रांति की है। सामाजिक क्रांति!...

उस क्षण मुकुन्दराव को लगा था कि रत्ना कमल है...पर कितनी बड़ी गलतफहमी थी उसकी? भूल जाने की कोशिश की थी कि समाज के एक-एक व्यक्ति की आंख उसकी ओर लगी हुई हैं—रत्ना को घर में ले आया है! तमाशे की नटनी! ...जंगली चिड़िया पाली है स्साले ने! ज़रा-सा पिंजरा खुला और फुर्र ने उड़ जाएगी...

वह टूट गया। इतना कि अब स्वयं जानता है कि कभी नहीं जुड़ सकेगा। चाहता है कि जुड़ा रहे, पर हो नहीं पाएगा। कैसे हो सकता है?

रत्ना से झगड़कर वह सखूबाई के पास चला आया था। सखू... उसकी भाभी—नाम की भाभी, पर सखू ने हमेशा निर्मल प्यार दिया है उसे। उस रात भी उसीकी बांहों ने उखड़े हुए मुकुन्दराव को थामा था। थामा था और एक ऐसी शांति प्रदान की थी, जिसके लिए वह तड़प रहा था। बर्फ की तरह ठंडा होकर वह नीचे चला आया था...रत्ना की ओर देखने तक की इच्छा नहीं हुई थी।

रत्ना?...

महज़ मुकुन्दराव की भूल—सामाजिक भूल, जिसे निबाहना उसकी लाचारी है। धार्मिक, सामाजिक और व्यवसायिक!...इसलिए कि मुकुन्दराव राजनीतिक दृष्टि से रत्ना के अपने से दूर हो जाने का खतरा नहीं उठा सकता। क्या होगा, अगर किसी दिन रत्ना भाग गई और गांव-खेड़ों में खबर फैली?...एक होनेवाले सरपंच की औरत का भाग जाना, उसके सामाजिक और राजनीतिक महत्त्व को समाप्त कर देने के लिए काफी होता है। और मुकन्दराव इस तरह की गलती करने को तैयार नहीं है। रत्ना यहीं रहेगी और उसी तरह रहेगी, जिस तरह मुकुन्दराव चाहेगा...

## 3

मुकुन्दराव अब भी सो रहा है।

सुबह साढ़े चार बजे से घर का काम शुरू हो जाता है। दस-पांच मिनट आगे-पीछे सखूबाई भी दुमंज़िले से उतर आती है। एक नियमित क्रम...रात के झूठे बरतन साफ करना, पानी भरना, अंगीठी जलाना, उसपर चाय का पानी चढ़ा देना और ढोरों के लिए नौकर को अपने सामने पीना या सानी की तैयारी करवाना। इस ज़माने में नौकर भरोसे के नहीं रह गए हैं। करब और पीना के कमरे की चाबी सखू के पास है। नियम बना हुआ है कि नौकर को जितनी करब या पीना चाहिए, रोज़ कमरे से अपने सामने ही निकलवा दी जाए।

इतना सब होते न होते मुकुन्दराव भी जाग जाता है, मारोती भी। दोनों मुंह-हाथ धोते हैं, तब तक सखू और रत्ना मिलकर चाय-नाश्ता तैयार करती हैं।

बैठक में एक-दो लोग हमेशा मेहमानी करते रहते हैं। उनका भी पूरा-पूरा खयाल रखना होता है। फिर यह एहतियात भी बरतना ज़रूरी होता है कि घर की इज़्ज़त और चलन कायम रहे। परदेदारी परम्परा से रही है। सखू उसकी आदी है, निबाह लेती है। रत्ना के जीवन में यह एक बिलकुल नया अनुभव था, अतः आदत डालने में कुछ देर लगी है।

वे चाय बनाने लगी थीं। मारोती दोमंज़िले से नीचे आ गया। उसकी आदत है कि उतरते ही संडास में समा जाता है, जबकि मुकुन्दराव कभी सीढ़ियों पर और कभी आंगन में एक कुरसी डालकर देर तक उनींदा-सा बैठा रहता है फिर कहीं संडास जा पाता है।

थोड़ी देर में मुकुन्दराव भी बाहर आ गया। वह सीढ़ियों पर एक बन्दर की तरह उकड़ूजा बैठा और निरर्थक ही घर में नज़रें दौड़ाने लगा। सखूबाई अंगीठी जला रही थी। मारोती संडास में था—रह-रहकर खांसता है। यह भी आदत है। खांसी हो न हो, वह खांसता ज़रूर है। फिर थूकने की आवाज़—'फुक्क!'

रत्ना आलू काट रही थी। पंचायत के चुनाव होने वाले हैं। उस सिलसिले में रोज़ दो-चार आदमी मुकुन्दराव के मकान में टिके रहते हैं। मुकुन्दराव नेता है। वे आदमी मुकुन्दराव को मानते हैं और मुकुन्दराव उन्हें मानता है। आपसी व्यवहार बड़ी चीज़ है। उससे सारी दुनिया चलती है।

ये दो-चार आदमी यहीं खाएंगे। सखूबाई और रत्ना को मिलकर छह-सात आदमियों का खाना बनाना पड़ेगा। एक तरह से अकेली रत्ना को ही। सखू उम्र में बड़ी होने का लाभ उठाना जानती है। वह अक्सर आदेशों का सहयोग प्रदान करती है—बस! ...

अगर बालाजीराव के कार्यक्रम में रत्ना कायरता न दिखाती तो आज फिर से यह जेल क्यों देखनी होती? वह सोच रही थी। आलू पर चाकू काफी वेग से चला...ध्यान ही न रहा। वह चौंक गई—चाकू ने अंगूठा चीर दिया था। एक रेखा की शक्ल में लहू की धार फूट पड़ी थी। उसने फुर्ती से चाकू नीचे रखा और घायल अंगूठे को चूसने लगी। मारोतीराव ने देखा तो दौड़कर पट्टी लाया—बांध दी। मुकुन्दराव भी देख रहा था, पर सिर्फ देखता रहा।

शाम को मुकुन्द ने कहा था, "मारोती भाऊ से ज्यादा बातचीत करना मुझे बिलकुल अच्छा नहीं लगता है!" बिस्तर पर आते ही उसने रत्ना को चेतावनी दे दी थी।

रत्ना को मुकुन्दराव पर क्रोध आया। हमेशा कांटा ही पाले रहता है मन में। उसने मुकुन्दराव की बात अनसुनी कर दी। इसीमें समझदारी है। कुछ कहती तो शायद झगड़ ही पड़ता। उसे स्वयं पर भी अविश्वास होने लगा है...

उसके मौन ने मुकुन्दराव को बढ़ावा दिया हो, इस तरह वह बोला,

"समझी या नहीं! मारोती भाऊ से ज़्यादा चबड़-चबड़ मत किया कर!... वह मुझसे छोटा नहीं है। कोई बाहर वाला देखेगा तो अपने मन में क्या सोचेगा?"

"क्या सोचेगा?" रत्ना ने आंखें तरेरीं। वह कतई नहीं चाहती कि ऐसा मौका आए, पर मुकुन्दराव बार-बार कुरेदता है तो आग दहकती ही है।

"खराब सोचेगा।"

"क्या खराब?"

"बहुत खराब!...मारोती भाऊ मुझसे बड़ा है।"

"और घरों में क्या बड़े भाई नहीं होते?"

"होते हैं।"

"फिर?"

"पर..." मुकुन्दराव कुछ हिचका, फिर उसने कह ही दिया, "...होते हैं, पर और घरों में हमारे घर की तरह तमाशेवाली औरतें नहीं होती हैं!"

सुलग गई रत्ना। गुराकर कहा, "क्या हरदम तमाशावाली, तमाशावाली मचा रखा है। संच की औरतें क्या औरत नहीं होती हैं!"

"होती हैं, पर वह सिर्फ औरतें ही होती हैं। और घरों में मां-बहिनें और भाभियां भी होती हैं।" मुकुन्दराव बड़बड़ाने लगा, "हरामजादी! औरत बनती है—घरू औरत! लोक-लाज कुछ है नहीं। बेशरम, जात-समाज में कोई मानेगा कि यह भली औरत है! तमाशे की औरत!"

"भरोसा नहीं था, तो लग्न क्यों किया?" रोते-रोते वह बुदबुदाई।

"मिस्टेक हुई!...मुझसे मिस्टेक हुई!" मुकुन्दराव ने कहा, हालांकि भीतर से उसने महसूस किया कि यह उत्तर उत्तर नहीं है—सिर्फ झल्लाहट है। अचानक वह अपने मर्द होने के विशेषाधिकार पर उतर आया, "ज़्यादा मुंह मत लग! जैसा तुझसे कहा है, वही करती जा! बस!"

चुप हो गई रत्ना। चुप रही और जागती रही। वह भी जाग रहा था। दोनों के जागने में अन्तर यह कि वह करवटें बदल रहा था...और रत्ना पड़ी थी एक करवट! लावे की जलन सहती हुई। मन हुआ कि सन्देह में डूबी मुकुन्दराव की आंखें नोच ले। इतनी आग रत्ना को कभी नहीं लगी। धुंधले विद्रोह के एक सिलसिले के बाद आज वह स्पष्ट विद्रोह कर रही थी। उसके

दिमाग में पूरी झंकार के साथ धुंघरू गूंजने लगे थे, वेणी की खूशबू याद आ रही थी उसे...कावेरी का चेहरा हर कठोरता के बावजूद गुलाब के फूल की तरह मुलायम, महकदार और चमकीला लग रहा था। सचमुच तमाशे की ज़िन्दगी ही कुछ और थी। कितनी खुली-खुली कितनी रस-भरी, कितनी बहुरंगी! और यहां?...

यहां उसे घर से बाहर भी नहीं जाना है। जूड़े में फूल नहीं लगाने हैं। खिड़की से बाहर झांकना नहीं है। मारोती से बोलना नहीं है। आंगन में ज़्यादा घूमना नहीं है। पड़ोस के घर की ओर देखना नहीं है।...कुछ नहीं करना है उसे! सिवा इसके कि हर रात मुकुन्दराव के करीब आ सोए। मुकुन्दराव उसकी इच्छा होने पर भी उससे घिनोनी छिपकली की तरह आ चिपके, और...

रत्ना का जी हुआ, दौड़ती हुई कावेरीबाई की 'तमाशा कम्पनी' में जा पहुंचे। माला के सीने से गिरकर रोए और चीखे—'तू ठीक कहती थी...पीने का पानी अलग होता है, नहाने का अलग!...हम लोगों की ज़िन्दगी यही है! ...'

पर वह इन दीवारों को तो अकेली फांद नहीं सकती। उसे सहारा चाहिए। संच तक पहुंचने के लिए उसे किसी न किसीका सहारा सचमुच चाहिए। कौन दे सकेगा?...

सिर्फ बालाजीराव!...

पर विश्वास कैसे जगेगा उनके मन में?

कोशिश करेगी रत्ना!

उसने कोशिश की। और दिनों की अपेक्षा वह जल्दी आ गया था। यह भी हो सकता है कि इन दिनों रातें लम्बी और अंधेरी होने लगी हों।

वह उसके सामने पहुंची थी। पुड़िया ली थी। बोलना चाहा था, "बालाजी..."

पर वह जाने लगा। क्रोधित है।

न जाने कहां से अजीब-सा साहस भर आया था रत्ना के भीतर। उसने लपककर बालाजी के पैर पकड़ लिए थे। काफी ज़ोर से रो पड़ी थी, "मैं सच कहती हूं, बिलकुल सच!...मैंने तुझे धोखा नहीं दिया। मैं सच..."

वह घबरा गया। बोला, "चुप! .. .धीरे-धीरे...शिश्-इ...इ..."

रत्ना चुप हो गई।

बालाजी रुक गया। वह आश्वस्त थी। बालाजी को भरोसा हो आया था। हां, सच ही कह रही है। बालाजी व्यर्थ नाराज़ हुआ। मुकुन्दराव को खूब जानता है वह। बड़ा शैतान है।....अगला-पिछला एक पल में ही भूल गया था बालाजी। वह उसकी ओर देखने लगा था। देखने की कोशिश...अंधेरा काफी है। ऐसे में सिर्फ स्वरों से ही देखा-समझा जा सकता है।

वह धीमे-धीमे बोलने लगी, "सच कहती हूं मैंने तुझे धोखा नहीं दिया। मैं बिठोबा की शपथ..."

"नहीं, नहीं, मैं समझ गया।" बालाजी भी उतने ही दबे स्वर में बुदबुदाया, "मुझे क्रोध जल्दी आता है, पर मैं आदमी बहुत अच्छा हूं। तुझसे प्यार भी करता हूं।" फिर अचानक वह रुक गया। शायद ज़्यादा बोल गया है—उसके अपने अहसास ने उसे रोक लिया।

"मैं जानती हूं—सब जानती हूं। अब तू जैसा कहेगा, वही करूंगी। उसी दिन कर देती, पर..."

"छोड़ उस दिन की बात!" बालाजी बोला, "अब तैयार है तू?"

"हां।" रत्ना के स्वर में दृढ़ता थी।

"तो ठीक है। कल, उसी तरह—बोल, पक्का रहा?"

"हां, पक्का!"

"ठीक।" वह लौट चला।

रत्ना भी लौट पड़ी। दरवाज़ा बन्द किया। निश्चिन्त हो रही। संजीवनी का अनुभव करती हुई।

कल...मुक्ति के अवसर की एक रात फिर आ रही है। इस बार नहीं चूकना है।

नहीं चूकी रत्ना। सब कुछ बड़े साहस और धैर्य के साथ किया और अब गांव के बाहर...

काफी दूर निकल आई होगी वह?

उसने पीछे लौटकर नहीं देखा। हर कदम के साथ काफी सावधानी बरतनी पड़ रही थी। अंधेरा घना था। सौ हाथ गहरे कुएं से भी ज्यादा।

एक साल से कुछ माह ऊपर। इस बीच वह दो बार इस रास्ते पर आई थी—दिन के वक्त। विश्वनाथ मन्दिर में पूजा के लिए। आज तीसरी बार...पूरी याद सहेजकर उसने पगडंडी पर पैर डाल दिए। यही रास्ता है विश्वनाथ मंदिर का।

कितनी देर हो गई है चलते-चलते? मन में संदेह आया। कहीं रास्ता तो नहीं भूल गई वह! हर गांव पगडंडियों में लिपटा रहता है—जैसे आदमी के शरीर में छोटी-बड़ी नसें। इस घुप्प अंधेरे में कोई गलत पगडंडी पकड़ लेना असम्भव तो नहीं। मुमकिन है कि वह विश्वनाथ मंदिर पार कर आई हो...अगर सचमुच रत्ना रास्ता भूल गई है तो...और वह सोचते ही कुत्ते की डूबी गुर्राहट फिर से उभर आई।

रत्ना सिर से पैर तक झुरझुरा उठी। कई जगह वह गिरते-गिरते बची। धड़कन फिर तीव्र हो गई। अवश्य ही वह भटक गई है और गांव के इर्द-गिर्द ही किन्हीं पगडंडियों पर दौड़ रही है। धीरे-धीरे यह अंधेरा कायरों की तरह पास के किसी नाले में जा छिपेगा और रोशनी खिलने लगेगी। रत्ना पकड़ी जाएगी... भागती हुई...तमाशेवाली औरत!

"कौन?" एक दबी हुई आवाज़।

बालाजी ही है। रत्ना ने पहचाना।

"मैं हूं।" रत्ना का जवाब, जैसे किसी झाड़ी में छिपा भयभीत पंछी उड़ा हो।

"बहुत देर कर दी?" रत्ना के नज़दीक आ गया वह।

रत्ना की धड़कन बढ़ गई, "अंधेरा बहुत है न।"

"हां, है तो।"

"अब देर नहीं करनी है।"

"हां, हां।"

बालाजी का अंधेरे में बढ़ा हुआ हाथ रत्ना के शरीर पर आ गया।

'क्या है?" रत्ना ने थूक निगलते हुए पूछा। आवाज़ कांप रही थी।

"कुछ नहीं। हाथ में हाथ होना चाहिए। अंधेरा बहुत है।"

रत्ना ने उसके हाथ में हाथ डाल दिया। झुरझुरी...नज़दीक ही कुत्ते की आवाज़...! दबी हुई धड़कन फिर उभर पड़ी...

अंधेरे में बालाजी ने उसके शरीर को जगह-जगह छूने का फिर प्रयास किया, लेकिन रत्ना ने उसका हाथ बुरी तरह झटक दिया। नहीं, अभी वह तमाशेवाली औरत नहीं है। अभी तो वह धरू औरत है—किसीको यों छू लेने की इजाज़त नहीं देगी वह। तब तक नहीं, जब तक कि वह संच के मंच पर जाकर थिरक न उठे। वह अपना सम्मान नहीं खोएगी। कितनी सुसीबतें उठाई थीं उसने इस सम्मान के लिए! कितना कीमती है यह! और अब इस घरू औरत की ज़िन्दगी के कुछ घण्टे ही बच रहे हैं...

"अब ज़रा भी देर मत कर।" वह बुदबुदाई।

"नहीं। देर कैसी?"

वे अंधेरे को चीरते हुए चलने लगे। अधिकांशतः वे मौन रहे ...बीच-बीच में जंगली रास्ते पर फैली हुई सियारों को आवाजें... ओं-ओं...हूं-ऊं-ऊं...

रत्ना का मन हुआ, हंसे। क्यों? बस, हंसे। काफी देर हो गई है चलते-चलते। टखनों से पंजों तक दर्द उभर आया है, जैसे देर तक नशे में सोई रहने के बाद उठी हो। बालाजी का पंजा उसकी मुलायम अंगुलियों को कैसे हुए है। देव के लिए पूजा के फूल चुननेवाला हाथ...

"रत्नाबाई... !"

"हूं-ऊं।"

"यह डामर रोड पार कर लेने के बाद फिर कोई डर नहीं रहेगा।"

"कौनसा डामर रोड?" रत्ना ने पूछा। तभी अंधेरे में उसका पैर सख्त और समतल डामर रोड पर जा पड़ा। बालाजी ने रत्ना की अंगुलियों पर कसे, पसीज आए पंजे खोलकर फिर बांधा। रत्ना के दिमाग में भूला हुआ मुकुन्दराव फिर ताज़ा हो गया। जब-जब किसी मर्द का हाथ उसका शरीर छुएगा, उसे यही लगेगा कि मुकुन्दराव अभी ज़िन्दा है। मुकुन्दराव...उसका घरवाला, उसका दरोगा!

"कितनी दूर आ गए होंगे, हम लोग?"

"कम से कम डेढ़ मील!" डामर रोड पार कर वे फिर से पगडंडी पर आ गए थे। बालाजी ने कहा, "यहां से बैतूल सिर्फ कुछ मील है।"

कुछ मील!...रत्ना की चाल तेज़ हो गई। बैतूल पहुंचने के बाद वह मुकुन्दराव की पकड़ से आज़ाद हो जाएगी। बैतुल के पास एक गांव में कावेरीबाई का संच आया है। वहां पहुंच गई रत्ना तो फिर कुछ नहीं हो

सकेगा। मुकुन्दराव लाख सिर पीटे, वह रत्ना को बापस नहीं पा सकेगा!... कभी नहीं!....

अचानक वे चौंक गए। मुड़कर पीछे की ओर देखा—दूर, अंधेरे में रोशनी का एक गोला उनके पीछे ही लुढ़कता आ रहा है।

"क...क-कौन है?" धीमे से बालाजी फुसफुसाया।

"शायद सुकुन्दराव है।" रत्ना लड़खड़ाई।

रोशनी का गोला बड़ी तेज़ी से पीछे से लुढ़का आ रहा है।

अब? ...अब?...अब? ...और बिलकुल निश्चित हो चुका था कि मुकुन्दराव ही हो सकता है। उनकी पदचापें भी तेज़ हो गई यीं—यानी मुकुन्दराव अकेला नहीं है। उसके साथ दो-एक आदमी भी हो सकते हैं।

"चल, जल्दी से भाग चलें हम! दौड़ते हुए!" रत्ना ने कहा, हालांकि उसकी सांस इसी खयाल के साथ फूलने लगी थी कि मुकुन्दराव उसका पीछा करते हुए एकदम सिर पर आ पहुंचा है।

"नहीं!" बालाजी बोला।

"फिर क्या करेगा तू? हम पकड़े जाएंगे?" रत्ना घबरा गई।

"..."

"जल्दी कर न!"

और बजाय कुछ कहने के बालाजी दौड़ पड़ा—आगे की ओर। शायद वह अकेला ही भाग जाना चाहता था। रत्ना उसके पीछे, किन्तू कितना तेज़ दौड़ पाती वह! बालाजी तेज़ी से भागता गया था और रत्ना बहुत पीछे रह गई...

वे भी दौड़ते आ रहे थे। इतने तेज़ दौड़े थे कि उन्होंने थोड़ी ही देर में रत्ना को पा लिया। पहले उसपर रोशनी पड़ी और फिर मुकुन्दराव की चीख, "रुक जा! ...मैं कहता हूं, रुक जा!"

रत्ना दौड़ना चाहती थी, पर रुक गई। कितना आदेशपूर्ण स्वर! रत्ना के शरीर ने उसका साथ छोड़ दिया। सोच अलग, शरीर अलग। वह खड़ी ही रह गई थी—हांफती हुई, और वे करीब आ गए थे। मुकुन्दराव और दो नौकर। उन्होंने रत्ना को घेर लिया थ। क्रोधित मुकन्दराव ने आगे बढ़कर रत्ना को दो-तीन थप्पड़ जड़ दिए। फिर हाथ पकड़ा और वापस खींचने लगा। वह गालियां बक रहा था, "हरामजादी!...कुतिया!....रंडी!...मैं तुझे देखता हूं! ज़रा घर पहंच लेने दे,

फिर...स्साली! भाग रही थी!"

रत्ना उसके साथ खिंचती लौट आई थी—रास्ते-भर वह गालियां बकता रहा था। बीच में नौकर किनारा कर गए। मुकुन्दराव ने रत्ना को घर में लाते ही धक्के मार-मारकर एक कमरे में धकेल दिया। ऊपर से सखूबाई पहले ही उतर आई थी और आंगन में प्रतीक्षा कर रही थी उसकी। जैसे ही मुकुन्दराव उसे लेकर आया था, वह भी गालियां बकने लगी थी, "रंडी रंडी ही होती है! तू वेड़ा है मुकुन्दराव, इसे इस तरह कब तक बांधे रहेगा? किसी न किसी दिन ये ज़रूर तेरी आबरू चौराहे पर बेचकर जाएगी!... मैंने तो पहले ही कहा था कि तमाशे की औरत..."

एक और धक्का। रत्ना का सिर दीवार से जा टकराया। वह हांफ रही थी और उसके घुटने तक कई जगह कांटे या रास्ते की झाड़ियां लग जाने के कारण खून छलछला आया था। कई खरोंचें।

मुकुन्दराव खड़ा होकर फिर से गालियां बकने लगा।

पास ही खड़ी थी सखुबाई, "अकेली थी या किसीके साथ?"

"अकेली थी! ..."

"लुच्ची!" सखूबाई ने घृणा से कहा।

रत्ना ने आग्नेय दृष्टि से उसे देखा। बरस पड़ना चाहती है, 'त कौनसी भली है? अनसूईया!...सावित्री!...तू भी तो लुच्ची ही है। अपने देवर से...'

"अकेली नहीं जा सकती। ज़रूर इसके साथ किसी न किसीकी शह है। कोई होगा नहीं तो किसीने कहीं मिलने का वायदा किया होगा। मैं मान नहीं सकती कि..." सखूबाई ने राय प्रकट की। फिर पूछा, "बता, किसने सलाह दी थी? कौन था तेरे साथ?"

रत्ना का जी हुआ कि बता दे बालाजीराव का नाम। डरपोक कहीं का! गुस्सा तो ऐसे बताता था जैसे सचमुच उसपर जान दिए देता है, पर अवसर मिलते ही अकेली छोड़कर भाग निकला।

"बोल, कौन था तेरे साथ? किससे प्रोग्राम तय हुआ था?" इस बार मुकुन्दराव गरजा।

"कोई नहीं।" रत्ना ने उत्तर दिया। बालाजी या माला की तरह ज़रूरी नहीं है कि रत्ना या जगन्नाथ भी छल करें!

"कमाल की हिम्मत है! ..." सखुबाई ने आश्चर्य से कहा, "अकेली ही भाग

रही थी? वाह री औरत!"

मुकुन्दराव गालियां बक रहा था। गालियों के साथ-साथ हिदायतें, "अच्छी तरह समझ ले! तू मेरी इज़्ज़त नीलाम नहीं कर सकती!...तू मर जाएगी और यहा से इस तरह बाहर नहीं जा सकेगी!...तूने समझा क्या है मुझे? मैं तेरे उन सारे रण्डी-भड़वों को जेल में सड़वा डालूंगा, जिनके बूते पर यह नाटक कर रही है। यह तमाशे का स्टेज नहीं है—घर है! ... घर!"

"मैं जानती हूं, यह कैसा घर है!" अनचाहे ही वह बोल गई।

सखू और मुकुन्दराव को धक्का लगा। क्या वह जानती है कि...और अगर जानती है तो बहुत खतरनाक बात है।

"क्या जानती है तू? कैसा है यह घर?" मुकुन्दराव ने कड़क आवाज़ में पूछा।

"बोल, तुझे क्या मालूम है?" सखूबाई ने पूछा, पर भय से उसकी आवाज़ कांप रही थी। शायद रत्ना उन्हें साथ सोते हुए देख चुकी है...मुकुन्दराव और सखूबाई को।

रत्ना चुप।

अब मुकुन्दराव की आशंका में लिपटा प्रश्न, "बता, जल्दी बता कि तू क्या जानती है?"

"यही कि यह घर नरक है। मैं समझती थी कि घर की ज़िन्दगी कोई अच्छी ज़िन्दगी होगी, पर यहां आकर मैंने पाया कि झूठा था मेरा खयाल!"

"कैसे झूठ था। बता क्या झूठा है! तेरा रंडीखाना स्वर्ग है और इज़्ज़तदार घर नरक है? क्यों!"

"हां मेरा रंडीखाना स्वर्ग है।" रत्ना भी उतने ही ज़ोर से उत्तर देने लगी, "तुम्हारी तरह वहां कोई किसीपर अविश्वास नहीं करता! तुम्हारे घर की तरह वहां कोई किसीके मुंह पर बिना कारण थूकता नहीं है!..." अचानक वह रो पड़ी, "तुम सबने मुझे कैदी बना दिया। कभी सोचा ही नहीं कि मैं भी इन्सान हूं। मेरी भी कोई इज़्ज़त है। मेरा भी स्वाभिमान है। तुम सब मुझपर झूठी-झूठी बातें मढ़ते रहे, दोष देते रहे...अब मैं यहां नहीं रहना चाहती! मुझे उसी पाताल में जाने दो, जहां से..."

"अरे, चुप्प! स्साली!" मुकुन्दराव एक झटके से मुड़ा। पीछे-पीछे सखू बाई। मुकुन्दराव ने दरवाज़ा बन्द किया और सांकल चढ़ा दी।

वे चाय पी रहे थे। बीच-बीच में एकाध सवाल किसी ओर से हो जाता और

फिर देर के लिए चुप्पी।

रत्ना कमरे में पड़ी हुई है—सुन पा रही है।

थोड़ी देर बाद मारोती ने पूछा, “कमाल है! रत्ना अब तक सो रही है?”

जवाब मुकुन्दराव ने नहीं, सखू ने दिया। स्वर में कड़वाहट, “हां, अब वह सारी ज़िन्दगी इसी तरह सोती रहेगी!”

“क्या मतलब?”

“तुम्हें पता नहीं, वह कुतिया रात को भाग रही थी!... भाग ही गई थी। वह तो बिठोवा की कृपा, मेरी नींद खुल गई और दरवाज़ा खुला देखकर मैंने मुकुन्द को जगा लिया।”

“पर...ऐसा कैसे हो सकता है?” मारोती आश्चर्य से पूछ रहा है।

“हुआ है...हो क्या सकता है! यही हुआ है।” सखू बताती है, और फिर क्रमशः सारा किस्सा बयान कर देती है। अन्त में यह जानकारी भी कि रत्ना कोठरी में बन्द है। सारे विवरण के बीच बार-बार गालियां।

थोड़ी देर के लिए सन्नाटा फैल गया है। फिर मारोतीराव की पदचाप...

सखू का सवाल, “कहां जा रहे हो?”

“उसे देखने!”

“पर भाऊ...” मकुन्दराव भी उसी टोन में कहता है, जिस टोन में सखू कह रही थी।

मारोती उत्तर नहीं देता। दरवाज़ा खुलने लगा। रत्ना फुर्ती से उठी। माथे पर पल्लू खींचा। बैठ गईं।

रोशनी की लकीरें एक चौकोर डब्बा बन गई। प्रकाश भीतर तक आ गया। प्रकाश के साथ ही मारोतीराव। आवाज़ में कठोरता, “क्यों रत्ना, यह क्या सुन रहा हूं मैं?”

रत्ना चुप। चुप, यानी स्वीकार।

“तू भाग रही थी?” मारोती की आवाज़ पहले से अधिक तेज़ हुई।

रत्ना चुप है। कभी लगता है कि अपराधी है, कभी नहीं!

“क्यों?”

रत्ना को उत्तर देना ही होगा। न देगी तो सिर्फ वही अपराधी समझी जाएगी। देहरी के करीव मुकुन्दराव और सखू आ गए थे। बीच-बीच में एक-दूसरे को देख

लेते हैं चोर-भाव से। चोर तो हैं ही। रत्ना, मारोती, घर, समाज—सबके सब चोर!

"बोलती क्यों नहीं है? तुझे यहां क्या तकलीफ है?" मारोती गरजा, "तुझे इज़्ज़त मिली है। सिक्कों के लिए नाचने की आवारा ज़िन्दगी से मुक्ति दी है तुझे, फिर भी..!

रत्ना बहुत कुछ कहना चाहती थी, पर कुछ न कहकर ज़ोर से रो पड़ी—शायद यही है उत्तर। यही हो सकता है।

मारोती की कठोर आवाज़ कांप उठी। कुछ हड़बड़ाकर पूछने लगा, "क्यों? रोती क्यों है?...क्या तकलीफ है तुझे यहां?"

"बन रही है, हरामज़ादी!...लुच्ची!" सखूबाई ने घृणा से कहा। घृणा या घृणा का अभिनय?

मारोती ने उसे घूरकर देखा, जिसका मतलब था कि वह चुप हो जाए। वह चुप हो गई। मुकुन्दराव भी कुछ कहना चाहता है, किन्तु मारोती को खूब जानता है। बड़ा है। स्वभाव से अच्छा है, पर बहुत कठोर भी है। उसे क्रोध आता नहीं है। आ जाए तो वह कुछ भी कर सकता है—, हत्या तक!

रत्ना रो रही थी। अब हिलकियां...अचानक मारोती की दृष्टि उसकी कनपटी पर पड़ी। लहू की सूखी लकीर है वहां। वह मुकुन्दराव की ओर मुड़ा। एक सवाल, "तुम लोगों ने इसे मारा है?"

मुकुन्द ने गरदन झुका ली।

"मैं क्या पूछ रहा हूं?"

"मारेंगे नहीं तो क्या पूजेंगे इसे?" सखू ने कहा।

"मैं तुझसे नहीं, इससे पूछ रहा हूं।"

"पर भाऊ...यह....यह भाग रही थी!" मुकुन्दराव के पास और कोई सफाई नहीं है, न कोई आरोप!

"इस तरह मारा जाता है?...क्यों भाग रही थी? बताओ, क्यों भाग रही थी?"

"इसीसे पूछो।" मुकुन्द ने कहा।

"हां, इससे भी पूछ रहा हूं। तुमसे भी पूछता हूं—क्यों भाग रही थी? बोल रत्ना!"

रत्ना बोली। आवाज़ में रुलाई। बीच-बीच में हिलकियां, "यह जब से मुझे लाए हैं, समझते हैं कि मैं तमाशेवाली हूं! बार-बार मुझे अपमानित करते हैं। सब

यही कहते हैं। कोई सीटी बजाता है तो मैं क्या करूं? घर में औरत-मर्द दस तरह से रहते-घूमते हैं। इन्हें मुझपर विश्वास नहीं है। जब विश्वास ही नहीं है तो..."

मारोतीराव के सवाल ठंडे हो गए। जानता वह भी है कि यह सब होता रहा है। अब तक न कभी कुछ कहने की ज़रूरत समझी थी, न लगा ही था कि कहना ज़रूरी है। रत्ना दोषी नहीं है, मुकुन्द है, सखू है, वह खुद है।

मुकुन्दराव और सखू गरदन लटकाए खड़े हैं। अपराध की स्वीकारोक्ति उनके भीतर भी है, किन्तु कैसे स्वीकारें?—मन इतने बड़े नहीं हैं। मुकुन्दराव मर्द है। कोई मर्द कैसे झुक सकता है स्त्री के सामने? फिर उसके सामने, जिसके लिए वह हमेशा यह मानता हो कि वह उसे नर्क से स्वर्ग में ले आया है।...लगभग यही स्थिति सखूबाई की है। वह भी बड़ी है—जेठानी। अपराध स्वीकार कैसे कर सकती है?

पर मारोती में साहस है। उसने स्वीकार लिया है, "ठीक है। इन्होंने भूल की है, पर याद रख कि भली औरतें घरों से भागा नहीं करती!...जो हुआ, उसे खत्म कर दे!"

सखूबाई ने कुछ कहना चाहा, "मगर..."

"रहने दे! मैंने सब समझ लिया है। किसीकी बेटी घर में लाए हो तो उसकी हत्या करने के लिए नहीं! औरत तमाशे की हो या घर की, औरत ही होती है। हर तमाशेवाली बुरी नहीं होती और हर घरू औरत भली नहीं होती!"

सखूबाई के शरीर में कम्पन हुआ। कितना सच?...आवाज़ बन्द। मुकुन्दराव लौट गया था—आंगन की तरफ।

मारोती ने रत्ना से कहा, "चल उठ!...चाय पी। नहा-धो। जो हो गया सो गया। आगे से यह समझ ले कि जो तुझसे भला-बुरा कहता है, वह खुद मन का बुरा है। बस!"

रत्ना की हिलकियां रुक गई हैं। दर्द गायब। माथे की खरोंच का रक्त ही नहीं, घाव भी सूख गया है। सुबह रोशनी से नहा गई है और यह नहान सारे अंधेरे पर फैला हुआ है...वह उठ पड़ी।

मारोतीराव वे सखूबाई से कहा कि चाय बनाए। रत्ना को दे और खुद पिए।

जितना सुना, सब रत्ना के विरुद्ध। कोइ भी बात ऐसी नहीं है जिसके आधार

पर रत्ना विश्वसनीय रह सके। मारोतीराव नहीं चाहता था कि विश्वास करे किन्तु हर बार भीतर से आवाज़ उठती है—सही है।...अपराधी रत्ना ही है! सिर्फ रत्ना! तमाशेवाली के संस्कार ठहरे! भले घर में कैसे रह सकती है? वह भाग रही थी, यह तो उसने स्वयं ही स्वीकारा है।

मारोती के पास बैठे थे सखूबाई और मुकन्दराव। दोनों आरोप कर रहे थे। काफी देर हो गई थी। इतने बढ़ा-चढ़ाकर आरोप किए थे कि मारोती विश्वास करने के लिए बाध्य हो गया। विश्वास करने के साथ-साथ चिन्तित भी हुआ। क्या होगा? रत्ना को इस तरह बहलाए-फुसलाए रखकर कब तक काम चलेगा। जिस परिन्दे के पर आ चुके हों, वह किसी न किसी दिन तो ज़रूर ही उड़ेगा और उसकी उड़ान गांव के इस इज़्ज़त-आबरूवाले घर की सारी प्रतिष्ठा धो देगी। उसने बेचैनी से चेहरे पर हथेलियां फिराईं, पूछा, "फिर?"

"फिर क्या, वह तो नाचने-गानेवाली पंछी है। उसे घर में बन्द नहीं रखा जा सकता। किसी दिन ज़रूर जाएगी। आज नहीं तो कल।" सखू बोली।

"तो जाने दो उसे।...खुद जाकर उस नरक में छोड़ आओ!" मारोती ने सलाह दी।

"पर ऐसा कैसे हो सकता है भाऊ?" मुकुन्दराव घबराया। रत्ना के जाने से सारे मोहरे बिखर जाएंगे।...राजनीतिक मोहरे। वह सब सोचा हुआ, जिसके कारण रत्ना को लाया था।

"क्यों नहीं हो सकता? वह भागे, इससे तो यह ज़्यादा अच्छा है कि उसे खुद ही छोड़ आओ। समाज की एक सभा करो और उसमें हाथ जोड़कर कह दो कि अब तक जो सोचा था, सब गलत हुआ। गांधीजी झूठ कहते थे! बस!"

"पर..."

"अब पर वर क्यों करते हो? खुद ही तो सांप के बिल में हाथ डाला था अब कैसा पर?" मारोती झल्लाया।

सखू ने कहा, "क्या इज़्ज़त रहेगी घर को!"

"घर की इज़्ज़त तो उसी दिन मिट गई थी, जिस दिन मुकुन्दराव इसे घर में लाया था। अब जो किया है, उसका परिणाम तो भोगना ही होगा।"

मुकुन्द को लगा कि बला उसपर आती है। सफाई देने लगा, "मैंने तो अच्छा ही सोचा था..."

"क्या अच्छा सोचा था?" मारोती बड़बड़ाया।

"मैंने सोचा था कि उसका उद्धार भी ही जाएगा और चुनाव में...तुम तो जानते ही हो भाऊ!...तीन मेम्बर छोटी जातोंवाले रहते हैं। इन तीनों मेम्बरों का साथ मिलना सरपंची के लिए बड़ा ज़रूरी है। रत्ना के कारण यह साथ देते...देने को तैयार भी हैं, मगर..."

मारोती चुप हो गया। शायद निरुत्तर। मुकुन्द की सफाई में वज़न है। इस राजनीतिक ढंग से तो उसने कभी सोचा ही नहीं था। रत्ना को विवाह लाने का मतलब है उस सारे छोटे वर्ग का समर्थन जो किसी बड़ी जाति या वर्ग के उम्मीदवार को मिलना असंभव ही होता है। निश्चित है कि सरपंच के चुनाव में छोटे वर्ग के तीन वोट मुकुन्द को ही मिलनेवाले हैं—अपनी जाति के पंचों के वोट तो निश्चित हैं ही। मुकुन्दराव के मुकाबले में बेलापूरकर है। उसकी अपनी जाति का आदमी। बहुत पुराना नेता। बरसों से सरपंच की कुरसी उसीके हाथ में रही है। जाति पर ज़्यादा प्रभाव है। मुकुन्द वैसे खड़ा होता तो बहुत ताकत लगाने पर उसके दो वोट काट सकता था। अब उसने रत्ना से विवाह की सामाजिक क्रांति करके तीन वोट और कमा लिए हैं। एक उसका अपना वोट। दस में से छह वोट मुकुन्द के पास हैं। चुनाव में जीत निश्चित है! ...यानी रत्ना बहुत मूल्यवान है। देर के सोच के बाद मारोती ने कहा, "बात तो ठीक है, मगर उससे दुर्व्यवहार करके तुम उसे घर में कैसे रख सकते हो?"

"पर भाऊ..."

"मैं समझ गया, मगर सोचो तो सही ऐसे कैसे उसे रखोगे? वह ज़रूर किसी न किसी दिन भाग जाएगी। भागनेवाली औरत को तुम सात दरवाज़ों और सात तालों में भी बन्द नहीं रख सकते!"

"फिर?...चुनाव तो बिलकुल सिर पर है। ज़रा-सी गड़बड़ी करने से सब मिट्टी हो जाएगा।"

"उससे अच्छा व्यवहार करो। मुझे लगता है, वह खराब औरत नहीं है। बस,अपना दिमाग फिट करने की बात है। प्यार से तो जानवर भी काबू में आ जाता है, रत्ना तो है ही क्या?"

मुकुन्दराव चुप हो गया। सखूबाई कुछ चिन्तित है। चिन्ता होने की ठहरी—रत्ना को जब-जब देखती है, भय लगता है कि किसी दिन आग बनकर

सखू के चेहरे पर गिरेगी! ...यों भी तो आग ही बनीर हेगी। मुकुन्द हमेशा उसके हाथ में रहेगा। मुकुन्द... सखू के लिए ठंडे जल का फव्वारा! जब-जब बदन की सुलगन में सुलगती है सखूबाई, मुकुन्दराव फव्वारे की तरह ही सारी जलन बुझा देता है।

मारोती ने कहा, "मर्द हो, धीरज से काम लेना सीखो। फिर राजनीति-कूटनीति तुम्हारा धर्म है। और इस धर्म में सब जायज़ है। कभी-कभी ज़हर भी चुपचाप पी लेना होता है?"

मुकुन्दराव ने उत्तर नहीं दिया। उठकर चला गया।

मारोती सखूबाई को समझाने लगा, "और तुम भी समझ लो, वह नौकर नहीं है हमारी। तेरे बराबर का हक है घर में। उससे वैसा ही व्यवहार करना चाहिए!"

"मैंने उसे ज़हर दे दिया है क्या?" सखूबाई तुनकी।

"ज़हर-सी ही है। किसीसे प्यार-भरा व्यवहार न करके उसे हमेशा कोसना, झगड़ना, गालियां देना ज़हर देने से ज़्यादा बुरा है।"

सखूबाई रोने लगी, "हां, मैं बुरी हूं। भगवान ने मुझे सूरत-शकल नहीं दी है तो मैं ही बुरी हूं। वह सुन्दर है, इसलिए सब उसके साथ हैं।"

"तू हमेशा उलटी बात क्यों करती है?" मारोती भी तुन-तुनाया।

ठीक ही तो कह रही हूं। मैं बुरी हूं! मेरा होंठ कटा हुआ है!"

"तू पागल है! बेड़ी!... "मारोती झल्लाया। यह झल्लाहट नई बात नहीं है। हमेशा होती है। हमेशा इसी तरह सखूबाई उसे तंग करती है और वह झल्लाता है। कलेसिन!

"हां, पागल हूं! सुन्दर नहीं हूं ना!" वह उतनी ही तेज़ी में बोली।

मारोती दांत भींचकर रह गया। अक्सर इसी तरह रह जाना होता हैं। जी होता है कि सखूबाई के चेहरे पर लगातार थप्पड़ कस दे, पर हर बार रुक जाता है वह झुंझलाता हुआ आंगन में उतर आया। मुकुन्दराव बैठक में है। उसने देखा कि रत्ना बरतन साफ कर रही है। क्या यही है वह औरत, जिसके लिए मुकुन्दराव और सखूबाई बार-बार कहते हैं कि चरित्रहीना है! ...विश्वास नहीं होता। एक क्षण वह ठिठका रहकर सहानुभूति से उसकी ओर देखता रहा, फिर बैठक में चला गया।

शाम को माला और जगन्नाथ आ गए। पूरे डेढ़ साल बाद। अचानक। खुश थे। बैठक में मुकुन्दराव और मारोती के पास बैठे हैं। खबर सखूबाई को दी। व्यंग्यपूर्वक बोली, "तेरे रंडी-भड़वे आए हैं!...अब इस घर में वही तो आएंगे और कौन आएगा? मुकुन्द ने किया ही ऐसा है!"

रत्ना भी उतनी ही चिहुंककर उत्तर दे सकती है, पर नहीं देती। सखूबाई उसके लिए जलती हुई आंच जैसी है। रत्ना उससे बची रहना चाहती है। ज़ब-ज़ब उसे देखती है, कि मुकुन्द उससे जुड़ा हुआ नंगा!...गलीज़!...

थोड़ी देर बाद वे आंगन में आ गए। मारोती साथ में। माला और जगन्नाथ ने सखूबाई से नमस्कार किया और रत्ना की तरफ मुसकराकर देखा। मारोती को सखू का व्यवहार खला। उसने देख लिया था कि सखू ने उनके नमस्कार का उत्तर नहीं दिया है। कितनी नीच औरत है!

रत्ना ने हाथ साफ किए। राख से लिपटे हुए हैं। माला उसके करीब आ खड़ी हुई थी—मुग्ध भाव से देख रही थी। घर, रसोई, बरतन और बरतन मांजती हुई रत्ना!...कितनी सौभाग्यशाली! एक बार माला ने भी कुछ ऐसा ही सपना संजोया था...

रत्ना उठी। माला की ओर देखा। मुसकराई...जी हुआ, रोए पर रो नहीं सकी। माला ने देखा कि उसकी आंखें भर आई हैं। कितनी बोलती हुई आंखें। इन आंखों में खुशी और सन्तोष है, या बेचैनी और दर्द? ... समझना कठिन। पर इतना तो समझा ही जा सकता है कि रत्ना कमज़ोर हो गई है। चेहरे पर उड़ाव! ... धूप में सूखकर जैसे पतंग का रंग उड़ जाता है, कुछ वैसा ही, क्यों? एक सवाल अनायास ही माला के भीतर पैदा हो आया। यह सवाल जगन्नाथ के भीतर भी है—क्या रत्ना सुखी नहीं है यहां?

वह माला के गले लग गई।

माला रो पड़ी है। आवाज़ में गदराहट, "कैसी है?...कैसी है तू? बहुत दुबली हो गई है।"

जवाब में सिर्फ रत्ना की रुलाई। जी हो रहा है कि सब कह दे, पर नहीं कहेगी। मारोती के शब्द याद हैं...अब भी कानों में हैं। कुछ ही घंटे तो हुए हैं। कैसे भूल सकती है रत्ना? घरू औरत! अपने घर का दबा-मुंदा बतलाती है कभी? भले माला बहिन हो, पर एक तरह से पराई ही है। बोली, "ठीक हूं। ठीक

हूं। आई कैसी

"अच्छी है। तुझे याद करती रहती है।"

"मैं भी उसे बहुत याद करती हूं। जी होता है कि मिलूं।"

"नहीं!...मैं भी ज़बरदस्ती चली आई। जी नहीं माना, इसलिए। वरना अब हमारा-तेरा रिश्ता इतना ही है कि तू कभी हमारे साथ थी। अब बड़े घर की औरत है। हम जैसों से तेरा इतना ही रिश्ता है कि तू है और हम हैं। बस!...हमारा दूर रहना ही ठीक है।"

और रत्ना चुप! कितनी भली और नेक है उसकी बहिन! जिसे हम सब कह देते हैं—तमाशेवाली!... क्या सचमुच तमाशेवाली जैसी बातें हैं उसकी।

मारोती ने सुना। गले तक भर आया। पेशे से आदमी तो नहीं बदलता। बदमाश मखमल का चेहरा भी लगाए होते हैं और भलों के चेहरों पर धूल भी लिपटी हो सकती है। कैसे समझा जा सकता है कि कौन शरीफ है, कौन बदमाश! ...इसके लिए ऊपरी नहीं, भीतरी नज़र चाहिए! काश, मुकुन्दराव और सखूबाई उसकी तरह सोच सकते! वह बैठक की ओर चला चया। यहां रहना ठीक नहीं है। दोनों बहिनें खुलकर बात नहीं कर सकेंगी। आते समय उसने जगन्नाथ को भी बुला लिया, "इधर आ जाओ।"

"ऐ? हां-हां।" जगन्नाथ भी उसके साथ चला गया।

सखूबाई ऊपर आकर कमरे में लोप हो गई थी। रत्ना का जी हुआ कि अब कह डाले!...कह दे कि वह यहां से वापस संच की ज़िन्दगी में लौट जाना चाहती है...पर कैसे कह सकेगी रत्ना? इस घर में एक मारोती है और दूसरा मुकुन्दराव। दो तरह के आदमी। एक बिलकुल रत्ना की तरह सोचता है और दूसरा जानवर की तरह!...क्या वह सब कहकर रत्ना मारोती का अपमान नहीं करेगी? अचानक रत्ना को लगा कि इस तरह सोचना मूर्खता है। कह ही देना चाहिए। कह भी देती शायद, पर तभी उसने पाया कि मुकुन्दराव आंगन में आ गया है। वह साइकिल साफ करने लगा था।...रत्ना जानती है कि वह बहाना कर रहा है। असल में इस तरह वह रत्ना के प्रति चौकसी बरत रहा है कि रत्ना कह न डाले कि वह दुर्व्यवहार झेल रही है...

"यह तेरे माथे पर क्या हुआ?" माला पूछ रही थी।

रत्ना ने मुकुन्दराव की ओर देखा। वह घूरने लगा था चौंककर। रत्ना बोली,

"कुछ नहीं, एक कुत्ते ने पंजा मार दिया है..."

"राम-राम! किस बुरी तरह मारा है।" माला बोली।

मुकुन्दराव की ओर फिर देखने लगी रत्ना। वह कटकर रह गया। गरदन नीचे। अंगुलियां निरर्थक ही साइकिल की तानों से खेलती हुईं।

"तू अचानक कैसे आ गई अक्का!" रत्ना ने विषय बदलने की कोशिश की।

"बस, ऐसे ही।" माला ने जवाब दिया, "इरादा नहीं था। पर आठ दिन के लिए काम बन्द रहा। इस बार बारिश बहुत है न। और सब पार्टीवाले भी चाहते थे कि कुछ छुट्टी मिले। आई इन दिनों बहुत दयालु हो गई है।"

"सचमुच?"

"हां, सचमुच!...तब से, जब से तू पराई औरत बन गई है। घरू!" माला हंसी।

रत्ना गंभीर हो गई। जिस बात से बार-बार बची रहना चाहती है, लौट-फिरकर वही विषय आ जाता है।

"मगर तू कमज़ोर बहुत हो गई है!" माला ने कहा और इससे पूर्व कि रत्ना कुछ कहे, उसने अपनी बात में मुकुन्दराव के प्रति व्यंग्य भर दिया, "क्यों, पटेल के यहां खाने की कमी है क्या? घी-दूध कुछ कम पड़ता है, या तुझे ही नहीं देते?"

मुकुन्दराव कुढ़कर रह गया। रत्ना भी चुप।

माला को आश्चर्य हुआ—ऐसा तो कुछ कहा नहीं है कि जिसपर दोनों चुप रह जाएं। जब से वह आई है, उसे लग रहा है जैसे कुछ तनाव है। क्यों है, क्या है, यह समझना कठिन। पूछ भी लिया, "क्यों, तुम दोनों में कुछ झगड़ा हुआ है क्या?"

इस बार दोनों ही चौंके। एक-दूसरे को देखने लगे। एक-दूसरे से डरे हुए। रत्ना ने एक गहरी सांस ली। कहा, "नहीं, ऐसी तो कोई बात नहीं। मैं बहुत सुखी हूं। मैं भले ही झगड़ा कर लूं, बाकी तो सब चुप रहते हैं। यह घर है अक्का! ...संच थोड़े ही है!"

माला हंस पड़ी, "ठीक कहती है तू! संच की तो ज़िन्दगी ही दूसरी होती है। पचासों लोग, पचासों बातें! पचासों तरह की बातें। धर घर ही होता है। घर माने स्वर्ग!"

"खरा स्वर्ग!" रत्ना ने उलाहने से कहा।

माला नहीं समझी। समझा सिर्फ मुकुन्दराव। बदन में तिल-मिलाहट-सी हुई। इसीके लिए कह रहा है मारोतीराव कि इससे भलमनसाहत बरतनी चाहिए। कमीनी! ...किस तहर व्यंग्य कर रही है।

माला कह रही थी, "मैं तेरे लिए एक दंडिया (साड़ी) लाई थी। थोड़ा-सा सामान भी है।" उसने साथ लाए हुए थैले से सामान बाहर निकाल दिया। रत्ना रीती आंखों से देखती रही। दंडिया, सुहाग-सिन्दूर की डिब्बी, काजल, चूड़ियां, ब्लाउज-पीस!... इसे क्या मालूम कि रत्ना के पास इस सबके लिए कुछ भी नहीं है। कोई लालसा भी नहीं। उसे चाहिए घूघरु! ...वही जो माला पैरों में डालती है और जिनसे ज़माने के सामने नाचती है और ज़माना उसके सामने नाचता है।

अन्त में माला ने अण्टी से दस-दस के नोट निकालकर उसकी ओर बढ़ा दिए, 'यह ले। एक आई की तरफ से, एक मेरा।"

"पर..."

"अब तू पर-वर भी करने लगी है" माला ने दोनों नोट उसकी हथेली पर रख दिए।

जगन्नाथ की आवाज़ आई, "माला-आ-आ!"

"क्या है?"

"अरे चल भई! या यहीं रहना है।"

"आती हूं।" माला ने कहा। फिर उठ खड़ी हुई, "तो मैं चलती हूं।...तू अपनी तन्दुरुस्ती का ख्याल रखा कर!"

रत्ना ने उत्तर नहीं दिया। माला बैठक की ओर बढ़ी। रत्ना खड़ी देखती रही।

मुकुन्दराव साइकिल छोड़कर उसके पीछे चला गया—बैठक में। जगन्नाथ थैला उठाए खड़ा था। माला के पहुंचते ही उसने मारोती और मुकुन्दराव की ओर हाथ जोड़ दिए, "अच्छा साब, अब आज्ञा!"

मारोती ने भी उत्तर में हाथ जोड़े, पर मुकुन्दराव बोला, "एक ज़रूरी बात है। दो मिनट रुके तो कहू।"

"हुकम कीजिए।" वे रुक गए।

बात प्रारम्भ करने से पूर्व एक बार मुकुन्दराव ने मारोती की ओर देखा, फिर कुछ साहस संजोकर कहा, "एक प्रार्थना है। हमारे, आपके, सभीके हित में है।"

"कहिए।" जगन्नाथ ने पूछा।

"आप लोग तो जानते ही हैं कि समाज में हम लोगों को रहना-सहना पड़ता है। दस लोग दस तरह की बातें करते हैं। अगर आप इसी तरह यहां आते रहेंगे तो उससे बातें बढ़ेगी। हम तो ऐसा नहीं चाहते, पर क्या करें, लोक-लाज के कारण कहना पड़ता है..."

माला और मुकुन्द निरुत्तर एक-दूसरे को देख रहे हैं। चेहरों पर एक सन्नाटा घिर आया है।

मारोती को लग रहा है कि यह ज्यादती है, पर चुप है। चुप ही रहना चाहिए।

"रत्ना से जब मिलना चाहें तो एक लिफाफा लिख दिया कीजिए, हम खुद उसे किसी बहाने आपसे मिलने भेज दिया करेंगे!"

"आगे से ख्याल रखेंगे मुकुन्द बाबू!" माला बोली। आवाज़ भरी गई है।

जगन्नाथ का मन भी भारी हो गया है, पर क्या कहे! रत्ना का विवाह हुआ है या वह बिक्री की गई है। उबल पड़ना चाहता है जगन्नाथ। किन्तु विवेक कहता है—ऐसा करना ठीक नहीं है।

मुकुन्द ने हाथ जोड़ दिए। स्वर में विनम्रता। चेहरे पर नाटकीय ढंग से उदासी। बोला, "बुरा न मानिएगा, यह चलन की बात है। जाति-समाज में रहते हैं तो हमेशा अपनी मनमानी ही नहीं चलती, कुछ बातें उनकी भी माननी पड़ती हैं।"

"मैं समझ गई आपकी बात। विश्वास रखें कि आगे से कोई कभी भी रत्ना से मिलने नहीं आएगा। भगवान आप लोगों को सुखी रखे। सुनकर ही जी को तसल्ली दे लिया करेंगे!...चलो, जगन्नाथ!" और इससे पहले कि मुकुन्द और अधिक औपचारिकता बरते, माला घर से बाहर निकल गई। पीछे-पीछे सिर झुकाए हुए जगन्नाथ।

मारोती और मुकुन्दराव कुछ पल चुप रहे, फिर मारोती ने कहा, "यह मुझे अच्छा नहीं लगा।"

"क्या?"

"इस तरह उन बेचारों को 'यह अच्छी बात नहीं है।"

"तो क्या हम आबरू नीलाम करवा दें!'

"किसीसे किसीका लहू दूर करना बड़ा अपराध होता है मुकुन्दराव! हमारी बेटी-बहिन रत्ना की जगह होतीं तो हम जानते कि कैसी तकलीफ होती है।"

मारोती ने कुछ कड़वाहट के साथ कहा। एक दुत्कार का भाव भी था उसके कहने में!

मुकुन्दराव ने उत्तर नहीं दिया। उत्तर है ही नहीं!

घुंघरुओं का स्वर फिर मद्धिम पड़ गया है। विश्वास नहीं होता, पर रत्ना महमूस करती है कि ऐसा हो रहा है—आश्चर्यजनक!

मुकुन्दराव, अल्सीशियन कुत्ता बहुत बदला नज़र आने लगा है। क्या कोई कुत्ता बदल सकता है इस तरह? कल्पना से कहीं अधिक अविश्वसनीय सत्य!

पर सचमुच बदल गया है मुकुन्दराव। शायद मारोती ने उसे समझाया-बुझाया होगा। एक वही तो है इस घर में जिसमें 'आदमी पन' दीखता है, अन्यथा सबमें कोई न कोई जानवर बैठा हुआ है!

रत्ना को भी बदले में वही व्यवहार देना चाहिए। कटुता बढ़ाने से क्या लाभ? मारोतीराव ने कहा था, जो हुआ है सब भूल जाए और बिलकुल नये सिरे से ज़िन्दगी शुरू कर दे!

पर रत्ना स्वयं को बदल पाने में असमर्थ है। धुंघरुओं की झनक सिर्फ हल्की हुई है—गायब होना कठिन है!...कैसे गायब हो सकती है? इस सारी फेर-बदल को देखकर भी रत्ना उस देखे को अनदेखा कैसे कर सकती है जो उसने सखू और मुकुन्दराव के बीच देखा है। एक घिनौना सच!...उसकी जगह कोई और औरत होती, वह भी नहीं भूल सकती थी! रत्ना भी नहीं भूलती! जब-जब मुकुन्दराव नाटकीय ढंग से नम्र होकर बातचीत करता दीखता है, उसे लगता है कि एक कुत्ता गाय का अभिनय कर रहा है। ठग!

हां, रत्ना ठगी ही जा रही है। और ठगने में माहिर है मुकुन्दराव। उसने पहले भी इसी विनम्रता और गायपन से रत्ना को ठगा था। इस बार कोई नई ठगी!...

क्या मालूम मारोतीराव भी ठग रहा हो!

लगता नहीं है। लगता तो मुकुन्दराव के बारे में भी नहीं था, पर वह परले दरजे का ठग निकला!... "अजीब दुनिया है। कौन ठग रहा है, किसे ठग रहा है, यह मालम ही नहीं हो पाता और ठगी चलती रहती है। बालाजीराव के बारे में ही क्या मालम था? ...पर उसने ठगा था रत्ना को!

और क्या रत्ना निरपराध है? रत्ना भी तो बालाजी को ठगने की ही कोशीश कर रही थी। वह चाहती थी कि बालाजी को इस कैद से संच तक ले जाने की बैसाखी की तरह इस्तेमाल करे और संच में फेंककर बगल से किनारे कर दे!

सब तरफ ठगी। रत्ना को ठगता हुआ मुकुन्दराव, रत्ना को ठगता हुआ बालाजीराव। बालाजीराव को ठगती हुई रत्ना, और सखू और मुकुन्दराव मिलकर मारोती को ठगते हुए! ... सब ठग!

पर बालाजीराव कहता है कि वह ठग नहीं है।

और रत्ना विश्वास नहीं कर पा रही है...

बालाजीराव क्षमा-याचना करने लगा था, पर रत्ना चुप रही थी। तीन दिनों से यही चल रहा है। कभी बालाजी की मूक दृष्टि वाचाल होकर कहने लगती है कि वह ठग नहीं है, कभी वह मुंह से कहने लगता है कि रत्ना उसे समझने की कोशिश करे...

और रत्ना हर बार खामोश। कुछ उसके प्रति क्रोध की खामोशी और कुछ घर के बदले हुए माहौल के प्रति रत्ना का झुकाव...

आज भी उसे लगा था कि वह पिछले तीन दिनों की ही तरह माफी मांगेगा। हर बार उम्मीद करता है कि इस बार शायद रत्ना कह देगी—'मैं समझती हूं।'

वह पुड़िया लेने जा रही है। आंगन में सन्नाटा। उसके अपने कमरे के भीतर गुर्राती हुई मुकुन्दराव की सांसें और दोमंज़िले पर चढ़े हुए मारोती और सखुबाई... सब तरफ नींद! सिर्फ दरवाज़े पर बालाजीराव और दरवाज़ा खोलती हुई रत्ना।

दरवाज़ा खुला। रत्ना ने देखा कि वह हमेशा की तरह अपने चेहरे पर एक घिघियाहट बटोरे हुए है। पुड़िया थामे हुए हाथ आगे बढ़ता है...हाथ में कम्पन!

रत्ना विश्वास और अविश्वास की ऊहापोह में डूबी हुई पुड़िया सम्हाल लेती है। दरवाज़ा बन्द ही करना चाहती है कि वह कहता है, "रत्ना! ..."

रत्ना चुप। दरवाज़ा बन्द करते-करते रुक जाती है।

वह भयातुर इधर-उधर देखता है। कहता है, "धरम से रत्ना, मैं तुझे धोखा नहीं देना चाहता था, पर ठीक वक्त पर न जाने क्या हुआ था मेरे भीतर! ...मैं डर गया। सच, मैं डर गया था! पर अब पछतावा हो रहा है कि मैंने भूल की!..."

"..."

"तुझे विश्वास नहीं होता?"

रत्ना चाहती है कि विश्वास कर ले।

"रत्ना!"

"..."

"मैं सच कह रहा हूं।" वह रोने-सा लगता है।

रत्ना दरवाज़ा बन्द कर देना चाहती है पर...

अचानक वह झुक जाता है रत्ना के पैर पकड़ लेता है, "सच! ...मैं सच कह रहा हूं। विठोबा की शपथ! ...मैं तुझे धोखा नहीं देना चाहता था, मगर..."

"अरे-रे यह क्या करता है तू..." वह पीछे हट जाती है चौंककर और इससे पहले कि वह ज़्यादा कुछ कहे, धड़ाम् से दरवाज़ा बन्द कर देती है। लगता है कि ठीक किया है, लगता है कि शायद गलत किया! चुपचाप आकर चारपाई पर आ लेटती है। मुकुन्दराव पास ही सो रहा है—अल्सेशियन कुत्ता!...

नहीं, बदलाव में गाय!

नहीं, कुत्ता!

गाय!...

शायद धड़ कुत्ते का—चेहरा भी कुत्ते का, किन्तु इस चेहरे पर एक और मुखौटा चढ़ा रखा है उसने। गाय का मुखौटा। सीधी और शांत गाय!

यहां भी वहीं अविश्वास की स्थिति रत्ना को घेरे रहती है। माथे की नसों में तनाव... धीमा-धीमा दर्द। क्या सच है, क्या झूठ, यह जानना कठिन, या जानने में असमर्थ रत्ना।

क्या इस स्थिति में भी रत्ना यहां रह सकती है? तनाव और भीतरी आंदोलनों की स्थिति! नहीं रह सकती—पागल हो जाएगी!

विश्वास? किसपर करे विश्वास?

खुद अपने-आपपर?...और कहीं, किसीपर नहीं ठहर पाता विश्वास। एक गेंद की तरह समतल धरती पर यहां-वहां ढुलक रहा है और उसीके साथ ढुलक रही है रत्ना!...

न जाने कब तक ढुलकती रहेगी? एक गहरी सांस खींचकर करवट बदल लेती है। मुकुन्दराव अब भी सो रहा है और रत्ना नये दिन की प्रतीक्षा में जाग रही है। एक और नया दिन...रोज़ की तरह। विश्वास और अविश्वास की ऊहापोह से भरा हुआ!

पर यह नया दिन फैसले का दिन साबित हुआ। खुद का खुद के बारे में

फैसला।

मारोतीराव सुबह ही चला गया था। मुकुन्दराव का चुनाव-चक्र सिर्फ मुकुन्दराव को ही नहीं घेरे हुए है, बल्कि उसमें मारोतीराव भी उलझा हुआ है। रोज़-ब-रोज़ यहां-वहां गांवों में जाकर पंचों से मिलना पड़ता है। दस दिन बाद चुनाव है। जाते वक्त कह गया था मारोतीराव—कल लौट सकेगा। पंच को समझाने-बुझाने और अपनी तरफ करने में एक दिन तो खर्च होगा ही।

सारे दिन मुकुन्दराव भी गायब रहा। वह भी लोगों से मिलने-जुलने और जोड़-तोड़ बिठाने में व्यस्त था। बेलापूरकर मुकाबले में है। पुराना नेता आदमी। तीन साल से बराबर सरपंच चुना जाता रहा है।

मुकुन्दराव और उसकी जात एक है। जात के वोट पांच हैं। इन पांच वोटों को तोड़ने के लिए दोनों के बीच कशमकश है। शाम को लौटा—बिलकुल दीया जले। खा-पीकर फिर निकल गया। रत्ना से कह गया था कि रात को प्रतीक्षा न करे। लौटने का ठिकाना नहीं है। काम के दिन शुरू हो गए हैं। रत्ना निश्चिन्त होकर कमरे में जा समाई। दिन-भर की थकान। थोड़ी ही देर में सो गई थी वह। जागी तब, जब उसने लगातार कुण्डी की खड़खड़ाहट सुनी। शायद मुकुन्दराव लौट आया है। आलसयुक्त होकर उठे, कपड़े सम्हाले, इससे पहले ही कुण्डी ज़ोर से खड़खड़ाई, फिर दरवाज़े की चरमराहट। शायद सखूबाई जाग गई थी और दरवाज़ा खोल दिया था उसने। फिर भी रत्ना को लगा कि बाहर पहुंचना ज़रूरी है। दरवाज़ा खोलकर आंगन में निकलना ही चाहती थी कि रुक गई। उसने देखा कि मुकुन्दराव और सखूबाई दो छायाओं की तरह एक-दूसरे के करीब खड़े हैं...वे और करीब गए और मुकुन्दराव ने शायद उसे चूम लिया!

रत्ना की सांस ज़ोर-ज़ोर से चलने लगी। वह चीखकर उन्हें गालियां देना चाहती थी...पर रत्ना ने देखा कि सखू और मुकुन्द एक-दूसरे का हाथ पकड़े हुए ऊपर की मंज़िल की ओर जा रहे हैं!.... कमीने! ... 'नीच!....घृणित!...

सुलग गई रत्ना। वे ऊपर की ओर जाते-जाते लोप हो गए। ज़ाहिर था कि कमरे में पहुंए गए हैं। इस खयाल के साथ ही रत्ना के कान एक बिसरी हुई याद से जुड़ गए—आवाज़ें, घृणित बात-चीत, कुंठित सेक्स के चोर!...

वह चारपाई पर आ गिरी।...अब नहीं रह सकेगी यहां। किसी मारोती का कोई आश्वासन रत्ना को नहीं रोक सकेगा! सारी ऊहापोह खत्म हो चुकी है। दबी हुई घुंघरुओं की आवाज़ें पूरे ज़ोर से उभर आई हैं और इन आवाजो में सब गुम गया है—सारा अन्तर्द्वन्द्व! ... सिर्फ एक निर्णय शेष है। अब रत्ना नहीं रहेगी। कभी नहीं! ...

थोड़ी देर बाद मुकुन्दराव आ गया। रत्ना चुप पड़ी रही—निश्चेष्ट! उसने समझा था कि सो रही है। यही समझाना चाहती थी रत्ना। मुकुन्दराव अपनी चारपाई पर जा लेटा था। एक-दो करवटें बदली थीं और फिर गुर्राहट...

सिर्फ कुत्ता! रत्ना जागती रही। गाय का चेहरा गायब! मुखौटे लगाए हुए कब तक जी सकता है आदमी!

वह जागती ही रही थी—निश्चिन्त और हल्की होकर। निर्णय उसके पास है। अब कोई उलझन नहीं। उलझन है सिर्फ मुक्ति! ... और मुक्ति के इस खयाल के साथ ही फिर से वह बिछुड़ी हुई बैसाखी बटोरने का निश्चय कर लिया था उसने—बालाजीराव! ...सचमुच बहुत विश्वसनीय है बालाजीराव!

बालाजीराव ने भी साबित कर दिया कि वह विश्वसनीय है।

रत्ना ने जैसे ही उससे कहा, "तो सचमुच तू मानता है कि तुझसे भूल हुई थी?"

"हां। कितनी बार कहूं?" उसने अकुलाहट के साथ उत्तर दिया।

"तो फिर से तैयार है तू?" रत्ना ने सीधा सवाल किया।

"हां, तैयार हूं।"

"इस बार तो नहीं डर जाएगा?"

"नहीं! ..." वह बुलन्दी से बोला।

"तो एक काम कर! ..." रत्ना ने चौकन्नेपन से चारों तरफ देखा, फिर उसके करीब होकर पूछा, "हमारे संच में जा सकता हैं तू?"

"पर वहां जाने की क्या ज़रूरत है?" वह चिन्तित हुआ, चकित भी। आखिर कहना क्या चाहती है रत्ना!

रत्ना ने बात साफ की, "बिना मदद के काम नहीं चलेगा। मेरी आई जीप गाड़ी का बन्दोबस्त करवा देगी। उसमें बैठकर निकल चलेंगे! कुछ मिनट की बात है। कैसा रहेगा?"

'ठीक है।" बालाजी खुश हुआ। रत्ना को भी दूर की सूझी है। है तेज़ औरत। तमाशेवाली ही ठहरी! सारे ज़माने को चराने का धंधा करनेवाली जात! वह मन ही मन रत्ना की सराहना करने लगा।

"तो बस, जाकर आई को सब कुछ बता दे। कह देना कि रत्ना की जान खतरे में है। बिलकुल कैद ही पड़ी हुई है। उस दिन माला अक्का आई थी तो बताने का मौका नहीं मिला।...अब मेरी जान बचाना चाहती है तो यहां से किसी तरह निकाल ले!"

"ठीक है।" बालाजी बोला।

और रत्ना ने दरवाज़ा बन्द कर दिया, निश्चिन्त होकर। अब कुछ न कुछ ज़रूर होगा। आकर चारपाई पर लेट गई। पहली बार उसने महसूस किया कि वह बिलकुल हल्की हो चुकी है—कपास की तरह हल्की।

## 4

माला के मन का कांटा कितना सही था! बालाजीराव ने सिद्ध कर दिया है। बालाजीराव ने यह भी बताया कि रत्ना कुछ दिन पहले भागने की कोशिश कर चुकी थी। स्वयं बालाजीराव उसे सहारा देकर संच तक ले आना चाहता था, पर बीच में ही पकड़ी गई।... सुना है कि मारोती और मुकुन्दराव ने बहुत मारपीट की। बहुत कमज़ोर हो गई है। आंखों पर सूजन-सी रहती है...निश्चय ही वह बहुत दुखी है।

बेशक दुखी होगी। माला ने सोचा। बालाजीराव के कहे पर अन्धविश्वास करने की ज़रूरत नहीं है उसे। अपनी आंखों देख चुकी है कि रत्ना कमज़ोर हो गई है। बातचीत में भी वह उसे बहुत संक्षिप्त होती लगी थी। लगता था कि वह हर क्षण डरी-सी रहती है। अनायास माला के दिमाग में रत्ना से मुलाकात का वह दृश्य कुछ और अर्थ लेकर उभरने लगा। बालाजीराव ने जो कुछ कहा है उसके बाद उस दिन का अर्थ ही बदलने लगा है...रत्ना के संवाद, मुकुन्दराव का उस क्षण का व्यवहार, सखूबाई का नमस्कार न लेना, फिर मुकुन्दराव का यह कहना कि माला वगैरा वहां न आया करें!...

"वह मर जाएगी!...मुकुन्दराव की कैद से छूटना बहुत ज़रूरी है।"

बालाजीराव बड़बड़ा रहा था।

कावेरी चुप है, जगन्नाथ भी चुप है और अण्णाजी भी चुप हैं। लगता है कि रत्ना अभी ही मर चुकी है। सबके बीच आतंक, भय और चुप्पी। मौत का सा डरावना सन्नाटा!

"कहलाया है कि अगर आप लोग उसे ज़िन्दा देखना चाहते हैं तो किसी तरह वहां से निकालें!..."

"पर हम क्या कर सकते हैं। उसने खुद ही तो अपने सिर पर पत्थर मारा! घरू औरत बनने चली थी मूर्खा!" कावेरी भून-भुनाई। इस भुनभुनाहट में रत्ना के प्रति क्रोध और झल्लाहट थी, किन्तु उपेक्षा नहीं।

"जो हुआ,सो हुआ। अब उसे मौत से बचाने की बात सोचो!" माला बोली।

और कावेरी चुप हो गई। चुप न रहे तो क्या करे? कुछ सूझता ही नहीं है। विवाहिता औरत को भगा लाना भी ठीक नहीं है। रत्ना संचवाली तो है नहीं। उसने लग्न किया। उसी तरह, जिस तरह घरों में लग्न होता है। रत्ना को ले आने का मतलब होगा कानूनी पैंतरेबाज़ी, और यह पैंतरेबाज़ी निश्चय ही मुकुन्दराव के पक्ष में पड़ेगी। नेता ठहरा। छोटी-बड़ी दस जगह पर उसकी जान-पहचान है। कावेरी कहां-कहां भुगत सकेगी उसे!

माला, जगन्नाथ, अण्णाजी सब यही सोच रहे हैं—इसी तरह सोच रहे हैं। हतभागिनी रत्ना! ...

बालाजीराव बार-बार कह रहा था कि रत्ना की जान खतरे में है।...वे सब समझ रहे हैं कि वह ठीक कह रहा है, किन्तु कर क्या सकते हैं? कितने लाचार!

जगन्नाथ को सूझ गई थी योजना। बोला, "शंकरराव मदद नहीं दे सकता क्या?"

"कौन? बेलापूरकर?" बालाजी ने बीच में ही पूछा।

"हां"

"उससे जान-पहचान है?"

"खूब अच्छी तरह। आई का ज़रा इशारा हुआ तो जान लड़ा सकता है वह!"

"तो बस, बन गया काम!" बालाजीराव ने कहा। फिर बताया कि

बेलापूरकर और मुकुन्दराव में इन दिनों काफी ऊंची चढ़ी हुई है। बेलापूरकर के खिलाफ चुनाव में खड़ा हुआ है मुकुन्दराव। और मुकुन्दराव से दस गुना भारी पड़ेगा बेलापूरकर। नेताओं में उसकी भी जान-पहचान है। इस मामले में उससे ज़्यादा अच्छा मददगार नहीं मिलेगा!

"तो बस, उसीके पास चलते हैं।" अण्णा ने कहा।

कावेरी को भी लगा कि ठीक है। माला भी खुश हुई। रास्ता निकल आया है, अब सब कुछ ठीक हो जाएगा।

दोपहर को बालाजी, अण्णा, माला, कावेरी और जगन्नाथ बेलापूरकर के पास जा पहुंचे। सारा किस्सा कह सुनाया। बेलापूरकर ने चुपचाप सुना और सोच में पड़ गया। कावेरी से बहुत पुराने सम्बन्ध हैं। कभी किसी बहुत महत्त्वपूर्ण काम के लिए उसने नहीं कहा है और आज जब कहा है तब यह काम बेलापूरकर को कठिन लग रहा है...इसलिए कि रत्ना के मुकुन्दराव के पास रहने से ही बेलापूरकर को लाभ है। जाति के वोट मुकुन्दराव नहीं ले सकेगा। रत्ना हथियार की तरह बेलापूरकर के हाथ में है। यही दांव है, जिसके कारण मुकुन्दराव उलझा हुआ है और बेलापूरकर का पलड़ा भारी है...छोटी जाति के वोट भले ही मुकुन्द ने कमा लिए हों, पर रत्ना से विवाह कर उसने उच्च वर्ग को गंवा दिया है...ऐसे समय पर मुकुन्दराव से रत्ना को अलग करने का मतलब है, अपने पैरों पर आप कुल्हाड़ी मार लेना। कितना असमर्थ है बेलापूरकर। वह देर तक चुप रहा था।

वे सब उसके चेहरे की ओर इस तरह देख रहे थे जैसे मन्दिर में मूर्ति की ओर देखा जाता है। तन्मय, श्रद्धा-भाव से और शांत। एक तरह का ईश्वर ही है। ज़रा-सा इशारा देगा और रत्ना उऋण। बिलकुल रामजी का अंगूठा—छूते ही अहल्या तर जाएगी!

बेलापूरकर ने एक सिगरेट सुलगाई। माथे पर सिकुड़ने पैदा की। कोई न कोई ऐसा जवाब देना पड़ेगा, जिससे कावेरीबाई को भी न खले और न बेलापूरकर को घाटा हो। बोला, "मैं तो तुम्हारे लिए पूरी तरह हाज़िर हूं, पर कानून आड़े आता है। रत्ना अभी उसके हाथ में है। जी चाहे जैसा बयान उससे दिलवाया जा सकेगा। अगर वह अपने हाथ में होती तो शायद कुछ हो सकता!...हो क्या सकता, सब हो जाता!"

कावेरी समझी नहीं। बोली, "जो कुछ हो, यह काम तो तुम्हें ही करना है शंकरराव! ..." उसे स्वयं ही मालूम न हुआ कि कब उसकी आवाज़ भर्रा गई। उसने आंचल का किनारा पकड़ा और बेलापूरकर की ओर हिलाया, "मैं तुमसे भीख मांगने आई हूं, किसी तरह मेरी रत्ना को उस नरक से निकलवा दो! ..."

वेलापूरकर हिल गया। पर ज़रा-से भावावेश में मूर्खता तो नहीं कर सकता है वह। फिर भी इतना निश्चित कर लिया कि चुनाव खत्म होते ही मुकन्दराव की कंद से रत्ना को छुड़वा देगा, पर इस समय तो कुछ भी नहीं किया जा सकता। उसने कह भी दिया, "मैं सब जानता हूं कावेरी! पर क्या करूं! ऐसे मामले में हाथ डालते समय दस तरह सोचना-समझना पड़ता है। तुम नहीं जानतीं कि किसीकी घरू औरत को उड़वाना या उसके घरवाले से दूर करवाना कितना बड़ा जुर्म है। मामला कोर्ट-कचहरी में ज़रूर जाएगा और जब जाएगा तो दस कानूनी दांव-पेच लगेंगे। उस वक्त अपने हाथ-पैर बचाने पड़ेंगे। वक्त खराब है। सब तरह सोच-समझकर काम करना पड़ता है। जल्दबाजी करने से कोई बात नहीं बनती!"

जगन्नाथ ने कहा, "क्या ऐसा नहीं हो सकता कि रत्ना को पहले अपने काबू कर लिया जाए और फिर पुलिस में रिपोर्ट दे दी जाए कि मुकुन्दराव परेशान करता था, इसलिए वह उसे छोड़ आई है।"

"ठीक है, मगर यह काम हवा में तो हो नहीं जाते! दस-बीस दिनों तक योजना बनानी पड़ती है। अभी तो कोई बात ही नहीं है।" बेलापूरकर ने कहा।

"यह ज़िम्मेदारी मेरी रही!" बालाजी बोला, "मैं रत्ना को घर से निकालकर सड़क तक पहुंचा दूंगा, फिर उसे थाने तक ले जाना आपका काम!"

बेलापूरकर ने उसे व्यंग्य से देखा, जैसे कहा हो—औरत उड़ाने की बात ऐसे कर रहा है, जैसे पतंग उड़ाना हो!...गधा कहीं का!

जगन्नाथ बोला, "ऐसा कैसे हो सकता है? मुकुन्दराव की हवेली से उसे बाहर निकाल पाना हंसी-मज़ाक नहीं है। फिर जब वह एक बार भाग चुकी है तो वह सब उसपर बहुत ध्यान रखते होंगे!"

"पर मैं कह रहा हूं न कि यह ज़िम्मेदारी मेरी रही।" बालाजी ने कहा।

"पर किस तरह क्या करोगे, यह भी तो बताओ।" बेलापूरकर ने पूछा।

बालाजीराव ने कार्यक्रम बता दिया, "गांव से कच्चा रास्ता आधी रात को भागकर तय करना पड़ेगा। पक्के रास्ते पर एक ज़ीप का इन्तज़ाम होना चाहिए। एक बार रत्ना जीप में सवार हो गई तो फिर हाथ नहीं आएगी।"

"मगर रात को निकलेगी कैसे हवेली से?"

"निकल जाएगी। रत्ना ने इसका बन्दोबस्त कर लिया है। पूरी योजना बना ली है। सिर्फ पक्के रास्ते पर जीप मिलनी चाहिए!" बालाजी ने कहा।

"ठीक है। जीप का इन्तज़ाम मैं करवा दूंगा।" बेलापूरकर ने कहा।

"बस, तो ठीक है।" जगन्नाथ निश्चिन्त हो गया, "तुम गांव जाकर रत्ना से कह दो कि तैयारी करे।"

"जल्दी मत करो।" बेलापूरकर बोला, "यह काम कम से कम आठ दिन बाद होना चाहिए। मेरा चुनाव हो जाए, उसके बाद। जीप फ्री नहीं है इस वक्त।"

"जीप तो किराये से भी मिल सकती है।" माला ने तर्क किया।

"मिल सकती है, पर ऐसे मामले में आदमी भरोसे का होना चाहिए।" बड़ी सफ़ाई से बेलापूरकर ने माला का तर्क उड़ा दिया। जानता है कि चुनाव के बाद ही मामले में उलझना ठीक रहेगा। उससे पहले बिलकुल वक्त नहीं है। और वह यह भी जान रहा है कि ये सब उतावली पर आमादा हैं।

तर्क में जान थी। सबने स्वीकार कर लिया कि बेलापूरकर सही कहता है। बालाजी ने एक गहरी सांस ली। पूछा, "ठीक है, पर मुझे आप लोग तारीख बता दीजिए। जीप कब मिल सकेगी?"

बेलापूरकर ने अंगुली के पोरों पर हिसाब लगाया, "आज क्या है?"

"गुरुवार...गुरुवार है। उन्नीस तारीख।" जगन्नाथ ने कहा।"

"उन्नीस, बीस, तेईस, पच्चीस। पच्चीस को चुनाव है।" बेलापूरकर ने कहा, "मैं सत्ताईस को जीप दे सकता हूं।"

"ठीक है। सत्ताईस की रात को बारह बजे के बाद जीप पक्की सड़क पर

पहुंच जाएगी। क्यों साब?" बालाजी ने पूछा।

"पहुंच जाएगी!" बेलापूरकर ने उसे आश्वस्त किया।

"बिलकुल ठीक। एक बजे मैं रत्ना को लेकर पक्की सड़क पर पहुंच जाऊंगा।" बालाजी ने कहा।

"बड़ी कृपा है आपकी!" उठने से पहले जगन्नाथ ने आभार व्यक्त किया।

"कृपा कैसी?" बेलापूरकर बोला, "यह तो कर्तव्य है भाई! धर्म का काम है। मुसीबत में किसीके काम आए, वही तो आदमी है!"

कावेरीबाई ने हाथ जोड़े। वापस हो ली। पीछे-पीछे वे सब। सोच रही थी कावेरी—'लुच्चा कहीं का!'...ज़रा-से काम में इतने तो नखरे किए और अब आदमी बन रहा है। शंकरराव को खूब जानती है वह, इंच-इंच। ज़रूर इसमें भी कोई न कोई स्वार्थ देख रहा होगा।

बाहर आकर बालाजी ने टिप्पणी की, "आदमी भला है!"

माला हंसी, "हां, भला ही समझो!"

अंधेरा गहरा था। रत्ना ने कुंडी खोलकर देखा—बालाजी खड़ा है। सिर्फ एक आकार। चेहरे पर क्या है, यह देख सकना कठिन। जी धुकधुका रहा था—क्या मालूम, कावेरी का क्या सन्देशा लाए। कावेरी के स्वभाव का कोई निश्चित नहीं है। बिगड़कर यह भी कह सकती थी कि भाड़ में जाए रत्ना। मर रही है तो मरे, मुझे क्या! और रत्ना ही क्यों अपेक्षा कर रही है? रत्ना ने कावेरी के लिए कब क्या किया है कि जो कावेरी आज उसकी सहायता करे?

"सब ठीक हो गया है।" बालाजीराव फुसफुसाया। पूरा किस्सा सुनाने का न तो वक्त है, न वातावरण। संक्षेप में बात खत्म की, "आज उन्नीस तारीख है। सत्ताईस की रात को निकलने का प्रोग्राम रखा है। जीप पक्की सड़क पर तैयार मिलेगी।"

रत्ना बहुत ध्यान देकर सुनती रही और हर पल अविश्वास से घिरी रही—क्या सच ही कावेरी ने उसके लिए बन्दोबस्त करवाया है? पूछ भी लिया उसने, "आई से क्या कहा था तूने?"

"सब कह दिया था।..." बालाजी ने बात पुनः संक्षिप्त की, "सब कुछ बता दिया था और फिर यही इन्तज़ाम हुआ है। सत्ताईस को तैयार रहना।"

"मगर..."

"अगर-मगर का वक्त नहीं है। बाकी बात फिर होगी। सत्ताईस को ठीक बारह बजे मैं विश्वनाथ बाबा के मन्दिर पर वहीं मिलूंगा। फिर तुझे पक्की सड़क तक छोड़ दूंगा।"

"और बाद में?"

"जीप होगी वहां। उसमें कोई न कोई रहेगा—कावेरीबाई, माला या उसका वह। क्या नाम है उसका?"

"जगन्नाथ।"

"हां, जगन्नाथ।" बालाजी ने कहा। फिर बोला, "मैं चलता हूं।"

देखती रह गई रत्ना—वह चला गया। अंधेरे में फैला हुआ आकार। एक गहरी सांस ली। दरवाज़ा बन्द किया और अपनी जगह आ गई। मुकुन्दराव सोया हुआ है। रत्ना का मन हुआ कि हंसे। मूर्ख! ... समझता है कि रत्ना को कैद किए रहेगा। पहली बार रत्ना ने महसूस किया कि उसमें जीवन है। जीवन का उत्साह भी है। जैसे-जैसे सत्ताईस तारीख करीब आएगी, यह उत्साह बढ़ता जाएगा... बढ़ता ही जाएगा!

और बढ़ता ही गया था उत्साह!...सत्ताईस तारीख। रात बारह बजे। बालाजीराव। विश्वनाथ बाबा का मंदिर। दौड़ का एक और दिन।

कच्चे रास्ते से पक्के पर। फिर जीप में सवार होकर पुरानी दुनिया में वापस! कितना कुछ देख-सह चुकी है इस बीच। लगता है कि यह एक साल आठ माह का अर्सा एक मोटी किताब में लिखा हुमा सामने रखा है—रत्ना को कंठस्थ है एक-एक शब्द, एक-एक दृश्य।

वह सुबह से ही बहुत खुश थी। हर काम में फुर्ती और उत्साह। मारोती और मुकुन्दराव बार-बार मुसकराकर एक-दूसरे से कुछ कह-सुन लेते थे। शायद वे समझ रहे थे कि रत्ना उसके लिए खुश है। चुनाव जीतने की खुशी। दो वोट से जीतकर मुकन्दराव सरपंच हो गया है। कल सारे गांव में उसका जुलूस निकलता रहा, फिर उसने मीटिंग में भाषण दिए। औरों ने भी दिए, पर

हार-फल सिर्फ मुकन्दराव के गले में पड़े थे। आज पार्टी है। पिया-पिलाया जाएगा।

यह और भी अच्छी बात है। मुकुन्दराव बिलकुल बेसुध पड़ा रहेगा। इस सारी बेसुधी का लाभ उठाकर रत्ना बड़े आराम से निकल जाएगी।

मारोतीराव कोने में खड़ा हुआ था। अंग्रेजी शराब की बोतलें मंगवाई है। साथ में सोडे की शीशियां। पार्टी सही संझा शुरू हो हो जाएगे। तहसीलदार, हैडमास्टर, पंच,थानेदार, न जाने कितने लोग आएंगे। दस बजे पार्टी खत्म कर देनी है। एक पंच ने नाचगाने क प्रोग्राम रखा है। सब लोग वहां जाएंगे। घर पर रहेगी अकेलीरत्ना। सखुबाई दो दिन के लिए पास के गांव की एक रिश्तेदारी में गई है। मारोतीराव और मुकन्दराव ने रत्ना के एकांत के बारे में सोच-समझ लिया था। क्या उसे घर में अकेली छोड़ जाना ठीक है?

"खतरा तो है। उसका विश्वास नहीं।" मुकुन्दराव ने कहा था।

"पर मझे लगता नहीं है कि वह ऐसा करेगी।"

"क्यों नहीं कर सकती? यह तो खुला मौका है।" मुकुन्दराव बोला, "घर खाली होगा। किसीका डर नहीं। जो जी चाहे करे। मन हो तो जेवर भी ले जाए। सब कुछ तो उसके हाथ में होगा।"

मारोती चुप रहा।

"ताला जड़ जाना चाहिए बाहर से!" मुकुन्दराव ने कहा।

"लोग क्या कहेंगे।"

"कहनेवालों की परवाह कौन करे? लोग तो कहते ही रहते हैं, भाऊ!'

"मगर..."

"मगर क्या! निकल गई तो लोग ज्यादा कहेंगे।"

"क्या कहेंगे?"

"यही कि...मेरा मतलब है, सारी इज़्ज़त धूल में मिल जाएगी!"

"और उस समय इज्जत धूल में नहीं मिलेगी जब उसे ताले में बंद करना लोग देखेंगे?" मारोती ने कुछ परेशान होकर पूछा, "लोग उस वक्त नहीं समझ लेंगे कि औरत काबू में नहीं है। कैद करके रखनी पड़ रही है।"

इस बार मुकुन्दराव निरुत्तर हो गया।

"औरतें इस तरह नहीं रखी जाती मुकुन्दराद! इस तरह तो कुत्ता भी नहीं रहता। ज़ोर ज़बरदस्ती से तुम उसे कितने दिन रख पाओगे?"

मुकुन्द चुप है।

मारोती ने कहा, "उसे खुली छोड़ दो। जाना चाहे तो जाए। चली भी जाएगी तो ऐसा क्या बिगड़ जाएगा? चुनाव तो हो ही चुका है। अब क्या घाटा?"

मुकुन्द को लगा, ठीक है—चली भी जाए तो क्या नुकसान है! उलटे मुक्ति ही मिल जाएगी। बदमाश औरत का क्या भरोसा? जोर-ज़बरदस्ती से रखी भी गई तो किसी दिन ऐसा काला टीका सरपंच के उजले माथे पर लगा जाएगी, जो ज़िन्दगी-भर सा नहीं होगा। अचानक उसके भीतर से किसीने पूछा, 'क्या सच ही उसका माथा उजला है?' मारोती कह रहा था, "न भी गई तो ज़िदगीभर फायदा देती रहेगी। यह भी साबित हो जाएगा कि औरत वफादार है!"

और मुकुन्द चुप हो गया। चुप यानी मारोती के विचारपर स्वीकृति। इस निर्णय के बाद दोनों निश्चिन्त हो गए थे; उतने ही निश्चिन्त जितनी रत्ना है।

मारोतीराव ने बोतलें गिनीं और रत्ना से कह दिया कि आदमी मांगने आएं तो तीन बचा रखे। शहर से मंगवानी पड़ती हैं। सरपंच का घर है। न जाने कब किस तरह का आदमी आ जाए। पार्टीवालों को क्या! मुफ्त का माल समझकर सारी की सारी डकार जाने की फिक्र में रहेंगे! मुकुन्दराव का स्वभाव जानता है मारोती। बड़ी फैयाज़दिली दिखाता है। वह नेतागिरी ही क्या जो कमर की धोती उतरवा दे। नेतागिरी तो वह कि साल-भर में सारा घर चमचमा उठे।

शाम झुकने लगी है। बैठक में फर्श बिछवा दिया। रत्ना ने दो-तीन तरह का नमकीन तैयार कर दिया था। मीट भी। पीने के साथ ऐसी चीजें ज़रूरी होती हैं। प्लेटें, कांच के गिलास, सौंफ, इलायची—सबका बन्दोबस्त।

अब प्रतीक्षा है कि आदमी आएं और पार्टी शरू हो। रत्ना ने पल्लू से पसीना पोंछा और कमरे में आकर बैठ रही। बैठक में इक्का-दुक्का लोग आने भी लगे हैं।

सत्ताईस! ...एक बार फिर रत्ना ने तारीख याद की और निश्चिन्त हो ली। मुक्ति के क्षण पास और पास आते जा रहे हैं। कुछ घंटे और...

मुकन्दराव आया, "सब तैयार है न?"

"हां, तैयार है।"

"तो बस, मैं आदमी भेजता हूं। एक-एक कर भिजवाना। पन्द्रह प्लेटें नमकीन की और छह बोतलें। बारह सोड़ा।" वह जाने लगा। रत्ना भी आदेश-पालन में उसके पीछे हो ली। अचानक मुकुन्दराव फिर मुड़ा। आवाज़ में लचीलापन पैदा किया। कहा, "नौ-दस तक निबट जाएंगे। उसके बाद हमें विनायक अवधत के यहां जाना है। घर में सिर्फ तू रहेगी। जरा सावधानी से रहना!"

रत्ना परेशान हुई, यह तो बड़ी गड़बड़ है। अगर पीकर यह सोएगा नहीं तो रत्ना किस तरह निकल सकेगी? पूछा, "लोटोगे कब तक?"

"दो-तीन तो बज ही जाएंगे।" मुकुन्दराव ने कहा, "खाना होगा, फिर नाच-गाना है। तीन बज जाएंगे। तू भीतर से ताला देकर सो जाना। ठीक है।"

रत्ना चुप रही। आश्वस्त हो गई है कि वह देर से आएगा। तब तक रत्ना संच में पहुंच चुकी होगी! ...

"क्यों, क्या डर लगेगा?" मुकुन्दराव ने पूछा।

"नहीं, नहीं, मैं...मैं ताला लगा लूंगी।"

मुकन्द ने कुछ नहीं कहा। लौट पड़ा। उसे आश्चर्य है। ऐसे कह रही है, जैसे सचमुच डरती है। डरती होती तो अकेले भागने की हिम्मत कर सकती थी? स्साली बदमाश!...उसने रत्ना के लिए मन ही मन एक गाली दी।

रत्ना ने सामान उसी तरह बैठक में पहुंचाना प्रारंभ कर दिया, जैसे मुकुन्दराव ने कहा था। यह सोचकर वह और भी उत्साहित थी कि अब उसे चोरी भी नहीं करनी होगी। धड़ल्ले से सीना ताने हुए हवेली से रवाना हो जाएगी। बेवकूफ मुकुन्दराव!...पूछता था कि तुझे डर लगेगा क्या? कितना बनता है? जैसे सचमुच बड़ा प्यार करता है! हरामी!

बैठक में से शोर उबल-उबलकर बाहर आने लगा है। बड़बड़ाहटें, हंसी और ठहाके! अभी शराब गले में और उतरेगी और ये और-और शोर मचाने

लगेंगे।

मारोतीराव दो-तीन खाली प्लेटें लेकर आंगन में आया। कहा, "रत्ना, इनमें पोहे..." शब्द अधरे रह गए मारोतीराव के। देखा कि रत्ना उठते-उठते माथा थामकर रह गई। वह खुद भी नहीं समझ पाई थी कि क्या हो गया है। बस, एक क्षण में आंगन, मारोती, प्लेटें सब कुछ घूमता-सा लगा और फिर धम् से धरती पर बैठकर रह गई।

"क्या हुआ?" मारोतीराव लपककर करीब पहुंचा। इस बीच तक रत्ना लेट चुकी थी। उसे उठाने की कोशिश करता हुआ मारोती झकझोरने लगा, "रत्ना!... रत्ना!..."

पर वह वैसी ही बेसुध।

घबराकर मारोती चिल्लाया, "मुकुन्द!...मुकुन्दराव!"

मुकुन्दराव भीतर आया और इससे पहले कि मारोती कुछ कहे, वह तुरन्त रत्ना के करीब आ झुका। सारा नशा हिरन हो गया है। क्या हुआ उसे?

"बस, अभी ठीक था...और अभी ही..." मारोती अधूरे-अधूरे शब्द बोल रहा है, "बुला डाक्टर को!...जल्दी!...

मुकुन्द दौड़ा हुआ भीतर आया—बैठक में। यह भी अच्छा है कि डाक्टर आया हुआ है। जाकर घबराए स्वर में बोला, "जरा चलिए, डाक्टर साहब!... रत्ना बेहोश हो गई है। जाने क्या हुआ?"

ठहाके, हंसी, मुसकानें, टिप्पणियां, सब गायब। अभी ऐसी ज्यादा भी तो नहीं पी थी। एक-एक, दो-दो पैग। यह क्या रसभंग हुआ!

डाक्टर उठकर मुकुन्द के पीछे-पीछे आंगन में आ गया। शेष सभी बैठक में हैं। पुराने तौर-तरीकों वाला घर है। इस तरह ज़नाने तक नहीं जा सकते।

मारोती ने कहा, "इसे उठाकर चारपाई तक ले चल!..."

मुकुन्द उठाने लगा। वह कुछ गुनगुनाने लगी थी। शायद बेहोशी टूट रही है। मुकुन्द उसे बांहों पर उठाए हुए चारपाई पर ले आया। डाक्टर ने नब्ज़ थामी। नब्ज़ ठीक चल रही है। रत्ना को भी थोड़ा-थोड़ा होश आने लगा है। दिमाग में घूम अब भी शेष है। इतना महसूस कर पा रही है कि कोई कलाई थामे हुए है। अब पेट देखने लगा है...तरेट तक...कुछ और भी नीचे... गुदगुदी!

मारोती और मुकुन्द घबराए हुए एक किनारे खड़े हैं। न जाने क्या बला आई। मुकुन्द को रत्ना की तबीयत से ज्यादा इस बात का मलाल है कि सारा प्रोग्राम बिगड़ा जा रहा है।

डाक्टर ने एक-दो मिनट की जांच-पड़ताल के बाद निश्चिन्तता की सांस खींची। मुसकराते हुए मारोती और मुकुन्दराव की ओर देखा। बोला, "बधाई सरपंचजी! ...आप पिता बननेवाले है।

रत्ना आंखें खोल चुकी थी। चैतन्य भी हो चुकी थी। उसने भी सूना—पिता...यानी रत्ना मां बननेवाली है!...

मारोती ने एक गहरी सांस छोड़ी, "मैं तो बिलकुल घबरा ही गया था। विठोबा, तू खुशी भी देता है तो किस तरह डरा कर!"

मुकुन्द ने कुछ झेंप के साथ कहा, "आओ भाऊ! .. पार्टी में देर हो रही है। वहां सब लोग हमारी तरह ही घबराए हुए है।"

डाक्टर के साथ-साथ वे दोनों बाहर चले गए!...

और रत्ना लेटी-लेटी देखती रही। अविश्वास, दुःख और आनन्द की विचित्र-सी मिली-जुली प्रतिक्रियाएं अनुभव करती हई—मां बनेगी रत्ना! ...मां?

सारे शरीर में एक मीठी गुदगुदी भर आई हैं। मां!...धुंघरू बज रहे हैं...पर कितना अलग स्वर है उनका! अचानक उसने अपने-आप शरीर समेट लिया। क्यों, यह नहीं जानती। बैठ गई।

बाहर बैठक में अब इतने ऊंचे ठहाके उठने लगे थे कि दीवारें फाड़कर रत्ना तक चले आना चाहते हों। पर इन ठहाकों से भी ऊंचा अधिक शोर करता हुआ एक स्वर रत्ना के भीतर भरा हुआ है—एक बच्चे का अहसास...उसकी रुलाई का स्वर... उसकी कल्पनाएं...ममता का भीगा हुआ आसमान...

रत्ना मां बनेगी! तमाशे की औरत! डाक्टर कह गया है। निश्चित ही वह बीज गर्भ में रखे हुए है—मातृत्व का बीज!

"रत्ना!..."

वह चौक गई। कितने मीठे खयाल को तोड़ दिया किसीने! उसने दरवाज़े की ओर देखा—मारोती है।

"हम जा रहे हैं। कुण्डी चढ़ा ले भीतर से। देर से आएंगे।" मारोती ने दरवाजे से ही कहा और लौट गया।

रत्ना ने कुछ सुना, कुछ नहीं। मंत्रमुग्ध-सी आंगन में चली आई। वे सब क्रमशः गलियारे में उतर गए थे। पीछे-पीछे मुकुन्दराव और मारोती।

रत्ना ने एक गहरी सांस ली। अचानक उसे ध्यान आया कि आज सत्ताईस तारीख है! ....

और रत्ना अकेली है...

कोई रोक-टोक नहीं है।...

रत्ना ने सांकल चढ़ाई। बैठक में खड़ी रही। शराब की खाली बोतलें, सोडावाटर, जूठी प्लेट, सिकुड़ा हुआ फर्श...रत्ना का जी हुआ कि उन लोगों के लिए एक गाली सोचे, जो यहां पी रहे थे और ठहाके उड़ा रहे थे! पर नहीं सोचा उसने। क्या दे गाली? मां बननेवाली है—कुलीन घर के रक्त की जनमा...उसे लगा कि इस सारी पार्टी से उसका मां बनना भी जुड़ा हुआ है। शायद इसीलिए इकट्ठा हुए थे सब लोग!...न हुए होंगे तो किसी दिन होंगे और रत्ना मां बन चुकी होगी उस दिन...वह झुकी और उसने वह सब बटोरना शुरू कर दिया। जूठी प्लेटें, बोतलें, गिलास...

पर क्यों बटोर रही है रत्ना! उसका इस सबसे रिश्ता ही क्या है? जितना है, वह कुछ देर बाद टूटनेवाला है। सूत के कमज़ोर धागों की तरह। सत्ताईस तारीख है आज।

पर अजीब है रत्ना। इस सबके बावजूद वह सामान बटोरे ही जा रही है...

इसी नशे में उसने सामान बटोर डाला, फिर साफ किया। जहां का तहां रखा। कमरे का चादरा वगैरह व्यवस्थित किया और चारपाई पर आ लेटी। थकान बहुत है। सारे दिन काम करती रही है और अब इस अहसास ने उसे और थका दिया है कि वह मां बनेगी...बननेवाली है...

जी होता है कि एक नींद ले ले। पर कैसे ले सकती है नींद? आज सत्ताईस तारीख है! ...

टिक्...टिक्...टिक्...ग्यारह बज चुके हैं। एक घण्टा और...बालाजीराव विश्वनाथ बाबा के मन्दिर पर होगा—रत्ना की प्रतीक्षा करता हुआ।

इस बार पक्का बन्दोबस्त है। पक्की सड़क पर एक जीप खड़ी होगी। जीप में माला या जगन्नाथ होंगे...

और रत्ना मां बननेवाली है!...

टिक्...टिक्...

रत्ना के लिए इससे अच्छा और कौन-सा मौका आएगा? आराम-आराम से निकले और उसी तरह निर्द्वन्द्व चली जाए। कुत्ता गायब है!...

पर मां है रत्ना?...

मारोती कह रहा था कि विठोबा खुशी भी देता है तो कितना डराकर!... वे सब खुश हैं। खुश होने के ठहरे। रत्ना मां बनेगी। डाक्टर ने कहा था— बधाई!...

बधाई रत्ना को!...

बालाजीराव सारा बन्दोबस्त कर चुका हैं। रत्ना ने ही तो कहलवाया था कि उसकी जान खतरे में है। सब मिलकर किसी तरह उसे इस नरक से निकाल लें!

टिक्...टिक्...बाबा विश्वनाथ के मन्दिर पर पहुंचने में कम से कम पन्द्रह मिनट लगेंगे। यहां से पौने बारह बजते न बजते निकल जाना होगा।

मगर मां? रत्ना के भीतर बैठी हुई गुदगुदी। अपने स्वार्थ के लिए रत्ना क्या अपना गर्भ-बीज भी मिटा देगी? यदि लड़का हुआ तो वह अण्णाजी की तरह नपुंसक बनकर जिएगा और लड़की हुई तो नर्तकी...दबी पलकें, घुंघरू, आहे, फब्तियां, शराब, बदलते हए मर्द...तमाशेवाली औरत! रत्ना निर्णय के कगार पर खड़ी हुई है। कुछ मिनट हैं। इन मिनटों के भीतर उसे निर्णय ले लेना है। यहां या वहां?

पर रत्ना अकेली नहीं है अब! उसके साथ एक जीव हैं उसके भीतर कुनमुनाता हुआ जीव!

क्या उसे भी रत्ना कांचघर में छोड़ देना चाहती है?

टिक्-टिक्-टिक्...निर्णय जल्दी ही करना है। अभी, इसी वक्त!

पर क्या कह सकेगी रत्ना कि वह अविश्वास से घिरी रहे? सखू और मुकुन्दराव घिनौने रिश्ते बनाए रहें और रत्ना उन्हें सहती रहे?

और क्या यह सुनना चाहती है रत्ना कि उसका होनेवाला बच्चा वह अपमानित, लाछित और पीड़ित जीवन जिए जो सामाजिक तौर पर एक कीड़े का समझ लिया गया है!...

टिक...टिक....साढ़े ग्यारह हो चुके हैं। कुछ मिनट और!

रत्ना का होनेवाला बच्चा या तो अण्णाजी होगा या कावेरी! ...

पर रत्ना यहां मर जाएगी!

मरेगी तो मर जाएगी, पर उसका बच्चा कांचघर से आज़ाद रहेगा। रत्ना के हाथ में है उसका लम्बा सफेद थान की तरह फैला हुआ सारा जीवन। रत्ना चाहे तो एक पल के निर्णय में उसे दागी कर सकती है।

कोई मां कैसे कर सकती है दागी?

पर...

पर नहीं!...कुछ नहीं!...रत्ना अब रत्ना से भी पहले मां है।

और यह कैद...

सब सहेगी रत्ना.. सब! ... सफेद, निष्कलुष थान-सा बच्चे का भविष्य और रत्ना का निर्णय है, रत्ला का नहीं, मां का!

रत्ना उठ बैठी। अकेली है। इतनी बड़ी हवेली। सन्नाटा। उसने ताला उठाया और जाकर मुख्य द्वार पर जड़ दिया। एक खयाल फिर आया था—बालाजी, माला, जगन्नाथ...सब उसकी प्रतीक्षा करेंगे।

पर रत्ना मां है! सिर्फ मां! ...रत्ना के बदन में गुदगुदी फिर भर गई है। सारा बदन हल्का है। कपास की तरह और कानों में एक आवाज़! घुंघरुओं की नहीं, उतनी ही मृदु किलकारी की आवाज़! ◇◇◇